两个月
loveforever

王力芹 / 著

的魔咒

长 春 出 版 社
全国百佳图书出版单位

图书在版编目(CIP)数据

两个月的魔咒 / 王力芹著.—长春:长春出版社,2014.5
(中学生心灵成长故事)
ISBN 978-7-5445-3261-7

Ⅰ.①两… Ⅱ.①王… Ⅲ.①中篇小说—中国—当代
Ⅳ.①I247.5

中国版本图书馆 CIP 数据核字(2014)第 028244 号

两个月的魔咒

著　　者:王力芹
责任编辑:程秀梅
封面设计:小　乔

出版发行:长春出版社　　　　　　　　总编室电话:0431-88563443
　　　　　发行部电话:0431-88561180　　读者服务部电话:0431-88561177
地　　址:吉林省长春市建设街 1377 号
邮　　编:130061
网　　址:www.cccbs.net
制　　版:长春市大航图文制作有限公司
印　　刷:吉林省吉育印业有限公司
经　　销:新华书店

开　　本:787 毫米×1092 毫米　1/16
字　　数:119 千字
印　　张:13
版　　次:2014 年 5 月第 1 版
印　　次:2014 年 5 月第 1 次印刷
定　　价:26.00 元

作者序：唯愿交往只有成长，没有伤害

记得早期有首歌，歌词中的某句如此说："有缘相聚又何必长相依，到无缘时分离。"

人与人之间之所以熟悉，异性之间之所以产生情愫，都因这冥冥之中无可言说的缘。而这缘由何而生，又能绵延多久，谁又知道呢？再说探究缘分的起始与断灭有何意义？倒不如好好把握相处的岁月，永远铭记在心。

既然两性的交往起源于无法言说的缘分，那么如何看淡缘起与缘灭，其实是一个课题，一个面对情感的重要课题，人人都需正视，尤其是情窦初开的少男少女们。

回顾我这一代的成长期，多数青少年朋友因为保守的社会风气、严肃的家庭气氛，以致生活里若有苦闷、困扰，也不敢向父母倾吐，更不敢提出来与他们商量，请求协助。许多人将所有心事尽藏心底，这样度过惨淡的少年时期。

从过去那个年代到今日的新时代，青少年朋友都因为压抑的环境和沉重的课业，而在心里开个小缝伺机想向外钻。他们盼望遇见懂得自己的人，盼望遇见惺惺相惜的伙伴。然而怎样的两个人才是真正互相适合的人？怎样的相处才能相知相惜？大家都无从得知，父母没

教，学校课程里也没有，年轻孩子便在摸索中产生了问题。

爱情自古就容易吸引少年少女的心神，但不可讳言的，爱情又是一门不容易修好的课程。常常从新闻报道里获知因爱情而衍生的悲剧，总让人不舍那些在爱情里跌跌撞撞满身是伤的孩子，倘使平常他们有可信赖的长辈、可讨论的手足、可分享的好友，只要多一次倾吐，得到多一点安抚、多一些引导，许多情形或许就此改观。

本人鉴于当前社会开放，而青少年情窦初开时，对于爱情懵懵懂懂，既期待又怕受伤害，为使青少年朋友有适当的交友观念，所以使用现在年轻学子的口吻，以幽默风趣的笔触写出本书。书中主角面对情感问题时，虽也有憧憬与迷惘，但因为她的家庭气氛和乐，有开明且关心她的父母，有支持、协助她的姐姐，使得她可以在日常生活中、茶余饭后，和父母、姐姐讨论交友的问题。

各位读者将不难发现，和谐的亲子互动，在本书中多处着墨。实在是因为本人有感于家庭乃是社会的最小单位，倘使有更多父母平时关爱子女，而非只把焦点放在子女的学习与成绩上，那么孩子在面对各种问题时，当然就会放心提出，与家人共同讨论，由此父母也才能了解孩子的身心发展，当爱情课题出现在他们生活中时，也才不致慌乱。

衷心盼望为人父母者也能有本书中李之颖父母的开

明作风，在日常生活中能不带责备地引导子女，使孩子能有正确的交友观，在面对追求者时能理性思考并应对。当发现彼此有不一样的价值观时，更能在理性判断下，委婉地提出分手，让双方在交往过程中，只有成长，没有伤害。

作者序：唯愿交往只有成长，没有伤害

目　录

第1章 实时通相遇

寒假，还真是寒冷的假期呢，老天干什么没事让天气这么冷？

台湾不曾有过的超级寒流，丝毫不知该可怜我一下似的，反而落井下石地赶着在我学期成绩揭晓，有两科需要补考的辉煌纪录刚公布时来糟蹋我。这个寒流真是不近人情，也让我日子过得太……悲惨了吧！

本来我还不至于那么容易感伤，反正了不起都是副科没过关——画画本来就不是我擅长的，所以美术补考我认了。但是另一个没过的科目——体育就让我超呕了，体育老师分明是看我不爽才不让我及格，否则我上体育课是超认真的，老师的眼睛瞎了吗？

所以向妈妈报告状况之后，我也没放多少心在准备补考上。偏偏这种鬼天气让我一直抹着鼻子，不知情的人一定以为我是为考试伤风，甚至连我妈都频频来问我："小颖，你很难过，是不是？别难过，那没什么了不起的……"

我懂我妈的意思，她是说"补考有什么了不起？补过就好了"的意思。

偏偏我爸搞不清楚状况，又爱插我们的话。

"你这个做妈的怎么这么说，什么叫作没什么了不起？"

"啊？"我和我妈同时出声，也都吓了一大跳，以为我爸也知道我有两科要补考。

"啊什么啊？一直抹鼻涕，就是感冒了，人不舒服就该去看医生，怎么会是没什么了不起？"

什么跟什么嘛，搞不清楚状况的人还意见一堆，那就是我爸。

"不是啦，我和妈妈是在说姐姐有男朋友的事啦！"

我赶快胡诌一件事，好转移爸爸的注意力，但情急之下却忘了把脑袋装上身，竟然是说起交男朋友的这件事，让爸爸逮住机会，开始准备说教了。

"小颖，人家姐姐已经大三了，你才高中二年级，情况不一样，你自己要弄清楚，什么事对你而言是一等一的重要，你就要把精神放在那上头，别只想和姐姐一样交男朋友。等你上了大学，再去想这种事也还来得及，懂吗？"

"嗯，我知道。"

交男朋友？我吃饱了没事干啊！

爸爸难道不知道我现在是非比寻常的身份，拼都来不及了，还交男朋友？真是无聊。

交男朋友很耗神呢。我看我们班有男朋友的女同学，几时真的把心放在功课上？

整个寒假还真不是普通的无聊，虽然有寒假辅导，但只有半天，下午一个人在家提不起精神温习，电视也不好看，做什么好呢？

因为太无聊了，于是我挂在网络上，一边听着下载的音乐，一边和同学在 MSN 上闲聊。也就是这时候，我在 MSN 上遇见了"二代人"，他可爱的用语和纯真的心让我觉得温暖，也忘了气象局低温特报的讯息。

"二代人"是高一和我同班的一个男生，长得眉清目秀，很有 model 的架势。我知道他在高一时就有点儿喜欢我，但我那时才看不上跟我同龄的毛头小子，所以很明确地告诉他"我们没有明天"。我连高三想追我的学长都没放在心上，又怎么可能为跟我一样幼稚的"二代人"动心呢？

"有男生喜欢要追你还不好吗？"我的好友小香这样问过我。

"我妈说差不多年龄的男生不是我的适合对象，适合我的早就进大学或读研究生了。"

"啊？小颖，你妈真怪呢！"小香以怀疑的口吻说。

"我妈哪会怪？你不懂啦，那是我妈她特有的招数，她就是要我高中的时候专心念书，不要分心去交朋友。"

"那你还真屈服在你妈那一招之下啊？"

"唉，小香你也帮帮忙，我都已经知道是我妈的招数了，干吗还屈服？我只是觉得和我们一样大的男生都很幼稚，没什么好玩的。"

"不过如果现在和大学生交往，也不错哦。"

实时通相遇 1

chapter

"不错个头啦，专心读书。"我敲了小香的头。

"我看你妈那是随便说说而已，糊弄糊弄你的。"

"哪是？我妈说那是紫微斗数上排出来的状况。"我相信我妈不会信口开河。

"啥？你妈研究紫微斗数啊？"小香睁着大眼诧异地问道。

"我不知道是她研究的，还是让别人排的。反正我妈就说我的紫微斗数命盘显现那样的状况，我就信她吧。再说高中的功课也很多，哪有闲工夫谈恋爱啊？"

所以高中生涯过了一年多，现在二上都结束了，想追我的学长也毕业不见，倒是我又清清静静过了一学期，男朋友仍然不是我在高中想修的课程。

和"二代人"在 MSN 相遇的时候，他说他几天后就要去美国。

"什么？你一个人去美国？"不曾单独出远门的我觉得很不可思议。

"干吗大惊小怪，我又不是没自己去过。"

"啊？你自己一个人去过美国？"我的不可思议中有一点点崇拜。

"是啊，干吗？遇到外星人啦？"

"不是啦，只是觉得你太厉害了，敢一个人去美国。"

"这有什么？"

"二代人"说这话的时候，不知道是不是认为我少见多怪了。

少见多怪就少见多怪，说我是井底之蛙也无所谓。因为我本来就是这样的女孩嘛。

在家里，爸爸妈妈呵护我，和我相差四岁的姐姐也很照顾我。除了上下学，还有去街口的超市外，其他时间我都是和家人集体行动的。

因为我爸爸说，女孩子的安全要自家人负责，所以未满十八岁没进大学之前，一律不能有个别行动。

因此，看到"二代人"要自己一个人远渡太平洋，我真是对他又崇拜、又景仰、又羡慕啊！

我本来以为是"二代人"的爸妈奖励他考到好成绩，所以让他来一趟冬日美国之旅，然而事实却并非如此。

"你为什么要去？"

"为了要有公民身份。"

"为了要有公民身份就要去哦，一定要去的吗？"

"现在一定要去，就是去坐移民监啦！"

"这也太累了吧！"

"我爸妈就办了移民，有了绿卡，没办法啦。"

"好吧，那祝你一路顺风吧！"

我和"二代人"在 MSN 上的第一次对话就是这么稀松平常，也不像会撞出什么火花的样子。

我只是想到，如果我爸也办了移民，我敢不敢自己一个人搭十几个小时的飞机，飞越世界最大的太平洋，去那个满是金头发、蓝眼睛的人的地盘。我想我大概会

实时通相遇 1

chapter

从上飞机就开始掉眼泪，想爸爸妈妈和姐姐，那时候可不是我请司机停车就可以下车回家的啊。

还是感谢爸爸没那么大的财力办移民吧。

不过仔细想想，能去美国也还是不错的啦。这样一想，就又会觉得爸爸真是笨。

听妈妈说，爸爸其实当完兵就想出国留学，可是奶奶却以亲情强力呼唤他留在台湾。如果不是奶奶作梗，我应该早就是美国人了。

"哎呀，都是奶奶那什么老观念，害我……"

有一次我们一家人聊天时谈到爸妈年轻时的事，爸爸谈着年轻时他有个到美国摘月亮的梦，我感觉到爸爸还有点儿遗憾的样子，于是我这么说了，妈妈却笑着拍了我一下。

"神经啊，你爸要是那时去了美国，就不见得是和我结婚啦，不是和我结婚，哪会生出姐姐和你。"

"傻蛋，笨笨。"姐姐推我的头。

"我不管，爸爸就是会和妈妈结婚，就会生下我嘛。"不承认自己笨的时候，我通常是耍赖。

"爸爸，如果你那时就去美国，你会娶妈妈的，就会生下我的。"我摇晃爸爸的手，爸爸腼腆地笑着，然后就转头忙着要看电视，根本不打算回答我的话，只是"嗯嗯"地敷衍我两声。

我不知道爸爸是真不好意思，还是他心里清楚，如果当年他出国去了，大概就像妈妈说的不见得是和她结婚了。

现在回头想想小学时代的我，简直白痴加大脑短路，那时爸爸如果真的去美国留学，远距离的爱情会有结果吗？

爱情，禁得起时间、空间的考验吗？

"二代人"去美国了。

一整天在 MSN 上见不到"二代人"的身影，老实说，有点儿慌慌虚虚的感觉。

是潜意识里"9·11"恐怖攻击的阴影在作祟吗？还是觉得隔了一座太平洋，"二代人"就不再是我所认识的那个同学了？

距离，果然存在于人与人之间。

尤其是漂洋过海，绕过半个地球后，在美国的"二代人"绝对不像平日上学那样。当然这是我的想法啦，虽然我并没有亲眼看见。

凭良心说，我还是有点儿羡慕"二代人"，小小年纪就多次到纽约去了。

虽然"9·11"恐怖攻击把双子星大厦毁了，不过纽约还是有很多吸引人的地方，电视旅游节目和书籍都有介绍过，有朝一日我也要去。

"妈，我们什么时候去纽约玩？"下了 MSN，我腻着妈妈问。

"飞机票不便宜啊。"

"跟爸爸要啊。"

"你马上就高二下了，再一年，高三上一结束就要高考，哪有时间去美国啊？"

"如果有时间就可以去美国玩吗？妈……"

这只是我很哀怨的无聊话，妈妈居然被逗得哈哈大笑。

"呵呵，就是没有时间，所以不能去美国玩，知道吗？小颖。"妈妈临进厨房前还敲了我一下。

高考，高考，我恨你！

谁规定人一定得读书？一定得参加高考、得读大学？真烦呢！这个莫名其妙的世界。

"二代人"在这时候去美国，虽然是拿绿卡的必要步骤，可是，难道他不想参加高考，他不在台湾读大学？

关于这个疑问，我在昨天 MSN 上遇见"二代人"时问了他。

"高中毕业后，你会在台湾读大学还是到美国念？"

"到时候再说了，有可能直接到美国念。"

"怎么说？"

"因为还没决定，到时候再说，随时都有变化嘛。"

那时，我们谈到一半，因为有小香插进来，我就先回话给小香。

当我在敲键盘的时候，屏幕上也显示"二代人"正在回话中，我回给小香的话都还没打完，和"二代人"对话的框框就出现"李之颖，我们有没有可能？"几个字。

我一看到，突然愣住了，连敲键盘的手指都僵了。

大约有三分钟之久，小香一直丢过来"你怎么了？""你昏了吗？""再不回话我要下线了。"

这个节骨眼上，我也没什么心情再和小香闲扯了。至于"二代人"，我也不知道该怎么响应。于是我干脆搬出妈妈当挡箭牌，打出："我妈在骂我了，我要说拜拜啦。"

小香回得快，她说："哼，我才上来，你就要拜，你妈真讨厌，别理她。"

"你惨了，我妈在我旁边。"这是我的托词。

这下小香吓住了，她赶紧换了口气："好啦，你妈允许你用计算机的时候再见啦。"

解决了小香，可是"二代人"该怎么办？他已经再次传来"李之颖，我们做做朋友吧。"

做做朋友？

这意思就是说他要和我交往，我做梦都没想过的事。

怎么回答？我杵在计算机前不知道该怎么办。虽然"二代人"在他的家里，但感觉上他就在我身旁等着答复，我一时间苦无对策，只好又搬出妈妈。

"我妈说我再不下线，她要打我了。"

妈妈，对不起，都用你来当挡箭牌，嘻嘻。

但是妈妈挡箭牌真好用，连"二代人"都吓到了呢。

"李之颖，你没回答就是默许啦。好啦，你赶快下线，免得被打。"

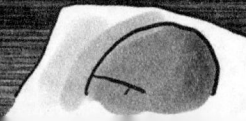

我打上"886"后，马上关闭 MSN，但是刚才"二代人"在屏幕上告白的心意，却全部 copy 在脑海里了。

怎么会发展成这样？

我和"二代人"有可能吗？

不知是否昨天"二代人"临出国前抛给我那颗震撼弹的关系，今天没能和"二代人"在 MSN 上相遇，让我有种失落的感觉。

虽然也和几个现在班上的同学，还有几个初中同学在 MSN 上聊天，但少了"二代人"，总提不起什么劲，后来索性也不用计算机，干脆躺在床上唱歌。

忽然间　我们被沉默包围　有种感觉无法形容　但很美

一瞬间　忘了爱曾让我心碎　这默契取代不安的氛围

让我勇敢爱　不后退

So Far Away　一路寻觅多少回　爱最后不知所谓

身边仍然是空位

So Far Away　受的伤究竟为谁　过去在心中积累

谁体会

原来身边就是你（原来一直都是你）　Not Far Away

猜想你　此刻心里想着谁　你总微笑甩甩头发让风吹

你是谁　带走夜里的漆黑　留下一整绽的星空　让我沉醉

才明白幸福　并不远

实时通相遇 ｜

chapter

　　曾经梦想完美的爱情　其实并不存在　当我看着你
灵魂揭晓

　　　　　　　（So Far Away，词／曲：陈忠义）

　　"这什么歌？"姐姐探头进房间里问我。

　　"So Far Away。"

　　"谁唱的？"

　　"姐，你真是逊色，不知道这是谁唱的歌？张智成
和陈绮萱合唱的啦。"

　　"没听过，太幼稚了。"

　　"哼，你厉害。"

　　"不过听起来还不错啦。"

　　姐姐说听起来不错，一半应该是我唱得不错才对，
那就继续哼吧。

　　"喂，是天塌了吗？妈不在，你怎么不用计算机？"
姐姐问我。

　　"不想用。"

　　"怎么了？联考症提早出现啦？"

　　"神经，考试还早呢，现在就为它伤神，我大脑短
路啊？"

　　"那不然呢，你这样很反常哦。"看不出姐姐这么关
心我。

　　我突然想到，关于"二代人"想和我发展成男女朋
友的事，也许可以问问姐姐的看法。

"姐，我跟你说哦，我有个同学有绿卡，寒暑假都得去美国一趟……"

"那又怎样？他不喜欢去是吗？"姐姐打断我的话，自做揣测。

"不是啦，你听我说嘛。"

"那你就说重点，不要无关紧要的东西说一串。"

"哦，好吧。我是说，我这同学是我高一同班同学，高一的时候他就想要追我，可是我没理他，前几天我在MSN上遇见他，他说他要去美国坐移民监……"

"那又怎样？他要带你去啊？"姐姐开玩笑地说。

"姐，不是啦，在 MSN 上遇见的时候，他说……"奇怪了，说到这里我就结巴。

"拜托，小颖，他说什么？有这么难开口吗？"姐姐有点儿不耐烦了。

"他说……他说……要和我做朋友啦。"好不容易说完，我有种如释重负的感觉。

"做朋友就做朋友，干吗说得结结巴巴的？"姐姐显然没弄清楚我的意思。

"不是啦，姐，他的意思是要和我交往啦。"

"哦……是男女朋友，是吗？"姐姐终于想通了，亏她还有恋爱经验呢。

我对姐姐点点头，赞同她的说法。本来以为姐姐会将她过来人的经验传授给我，没想到姐姐却带着睥睨的表情说：

"嗯，我看这情形啊，只有两个月的寿命。小颖，别放太多精神在上面，你还有别的要顾呢。"

怎么姐姐也跟妈妈一样了？

虽然我明白姐姐说的，我还有最重要的高考需要专注心神，但是这和我跟"二代人"的交往有冲突吗？

哼，我才不信，我这辈子的初恋只有短短的寿命！

况且，我都还没打算和"二代人"交往，姐姐就不看好，真奇怪呢？

想一想，或许姐姐的意思是，男女交往之后才会发现彼此不适合的地方，所以当然不能勉强在一起啦。

不过姐姐有神通吗？她怎么能预知到啊？还是真的旁观者清呢？不管，我一定要问个清楚才甘心。

"姐，你怎么会觉得如果我和'二代人'交往，只能有两个月的寿命？"我敲了门进姐姐房间，话都问了，姐姐居然没回答我。

"姐，人家问你，你怎么不回答呢？"

我看见姐姐坐在桌前，对着小镜子挤她太阳穴上的痘痘。姐姐很认真，不过是对她脸上的痘子，不是对我。

我真是可怜，居然连痘子都不如。

我站在一旁看着姐姐以左右两手的拇指食指，捏着一支小小的挤痘夹挤压青春痘，那样子真滑稽。姐姐可能是因为挤压而疼痛，又因疼痛而自然的嘴角歪斜——这模样应该让她的男朋友来看看，保准会让他退避三舍。

我看着看着不自觉地"扑哧"一声笑了出来，姐姐抬头瞪了我一眼。

"死小鬼，没同情心的人，没看我挤这'北斗七星'这么痛，你居然还笑得出来，这样还妄想来我这里取经，门儿都没有，连窗户也没了。"

我本来只是觉得姐姐挤痘子那样子很好玩，所以才笑了一声，可是这下子我反而止不住笑了，谁教她发明那么好玩的词，青春痘就青春痘，还给它个"北斗七星"的名称，这也太扯了吧。

"北斗七星高，哥舒夜带刀。至今窥牧马，不敢过临洮。呵呵呵……"

真的停不下来，实在太好笑了。

"死小鬼，臭小鬼，你还笑，看我怎么整你。"

姐姐放下她挤了一半的北斗七星，推开椅子扑过来，伸手挠我的胳肢窝。我天生怕痒，哪里禁得起她这样痒我，所以笑倒在姐姐的床铺上，频频求饶。

"呵呵……好啦，姐，受不了啦，姐，饶命啦……"

"看你以后还敢不敢笑我？我还'哥舒夜带刀'咧……"

"不敢了，不敢了。"

"不敢了？那就饶了你吧。"

我笑瘫在姐姐床上，姐姐则是挠我痒累瘫在自己床上。我们两个并躺着，笑意仍然残存在姐姐的房间。

"可是听你说北斗七星真的很好笑。"

"你还说？"

姐姐一开口，手又向我胳肢窝伸来，我赶紧闪边，

姐姐这才放下手。

其实我早知道她只是虚张声势，但我还是得做个害怕的样子，免得万一猜测错误自找苦吃。

"小颖，没事还把我的青春痘扯到唐诗去，你对古诗也太入迷了吧。"

"人家我们老师说，熟读唐诗三百首，不会作诗也会吟。"

"拜托，这什么年代了，谁还跟你在那里唐诗不唐诗，你不会是想读中文系吧。"

"有何不可？"

我好不容易顺了气，怎么尽谈这些非我想说的事呢？不行，我得赶快将我的问题重新抛出。

"姐，你怎么会觉得如果我和'二代人'交往，只能有两个月的寿命？"

"等一会儿，你没看我还很喘吗？"

谁教她没事要挠我痒，当然累哦，嘿嘿，施比受不一定更有福，至少在这件事情上。我躺在姐姐右侧，稍微转一下头就能看见她左侧太阳穴上的青春痘，一、二、三、四、五、六、七，咦！还真的有七颗呢。

"姐，你的痘痘真的是北斗七星呢。"

嗯？不对，不对，这些痘子排起来又不像勺子的样子，哪是北斗七星啊？

"姐，这不是北斗七星啦，它们又没排成勺状。"

"七颗已经够多够丑了，你还要它们排成勺状，你什么心态呀？"姐姐说着又伸出魔爪，我立刻举手投降。

"不是啦，我的意思是还好不是排成勺状，只要用头发遮住就没人看见，还是一样美丽。"

"你总算说了句人话，哼。"

说人话还要被当小狗捏一下鼻头，真是可怜啊，唉！

人都是吃赞美这一套的，姐姐听我说用头发遮住青春痘仍然可以保持她的美丽之后，立刻从床上跳起来，对着桌上的镜子整理头发，企图掩饰她脸上那七颗痘子。

看来她是满意这个提议的，所以也开始有心情回答我的问题了。

"你刚才说什么来着？小颖。"

"我说，你怎么会觉得……"

"哦，我想起来了，你不必讲了。"

怎么这样？一下子问人家，一下子又叫人家不用讲，这女生真奇怪呀。

"是我怎么会觉得如果你和那个什么人交往，只会有两个月的寿命是吧？"

"'二代人'啦。"

"干吗叫这个奇怪的名字，我还 Jordan 十三代呢。"

"好啦，姐，那不重要啦，重要的是……"我急着想知道姐姐的判断依据从何而来，哪有闲工夫和她在那里扯几代几代的事。

"哪不重要？越多代越新潮啊，你这同学叫'二代人'，绝对比他爸妈那第一代的人还要新潮。"

新潮？"二代人"新潮吗？我不知道耶，高一对他印象不是很深刻，高二分班后又已经过了一个学期，我哪晓得他新不新潮？姐姐真是问倒我了。

"我不知道呢。"我实话实说。

"小笨蛋，要和人家交朋友，就要多观察对方，像你这样子当然两个月就寿终正寝了。"

"什么？两个月我就寿终正寝了？"

如果谈个恋爱就会短命成这样，我才不要呢。

"我是说恋情啦，你以为是什么？谈个恋爱如果会死人，那不谈也罢。"

"说的也是。"

我对姐姐的话十分认同，爱情这东西，虽然能让生命绽放亮光，但如果像新闻报道中常出现的死缠烂打，或是爱之欲其生，恨之欲其死的变态爱法，那也真让人胆战。

那到底恋爱该怎么谈呢？好像比语文、英语、数学这些科目还难呢，数学公式里偏偏少了一则爱情公式，我要依循什么呢？当我要恋爱的时候。

"傻瓜，没有人像你这样，先想好恋爱情况再去谈恋爱的，你以为你在搞室内装潢啊？"

姐姐老喜欢捏我鼻子，以后我要是鼻子变长，不是我说谎，而是姐姐捏出来的。

"那不然呢？姐，你们怎么谈恋爱？"

"谁你们？"姐姐真爱装蒜。

"你和那个林书棋啊！"

我记得姐姐大二上学期和她们学校别系的学长交往，还带他来我们家两次呢。爸爸妈妈早就说过，不反对姐姐和我交朋友（说是连我也不反对，但却常提醒我还有个高考，唉），但是希望我们把朋友带回家来，让爸妈也认识。我看爸爸妈妈对那个林大哥也没什么意见，只要姐姐喜欢，他们是都 OK 的。

可是，奇怪了，最近都没听到姐姐有事没事就说，林书棋怎样怎样。

"姐，你和林书棋到底怎样了？"

"分手了。"姐姐的语气平淡，仿佛在说别人的事。

"分手了？"我傻傻地反问，因为我根本没感觉到姐姐有出现失恋的表现啊。

"嗯，分手就分手，有啥好大惊小怪？我还要唱'分手快乐，祝你快乐……'呢。"

姐姐唱的是"分手快乐"的其中一句，那是梁静茹唱的歌，老实说还挺好听呢。

可是……分手不是都很痛苦吗，但姐姐怎么会是快乐的？她怎么做到让自己快乐的啊？

我一定要好好研究一番，这比考第一名有用多了，搞不好会关系到一辈子的幸福呢。

实时通相遇 1

chapter

第 2 章　接纳老朋友

基于某种不想被看坏的叛逆心态,我在心里偷偷决定要和"二代人"做朋友。

第一次感觉到一天 24 小时好漫长,是在"二代人"飞纽约的这天,因为我没法在 MSN 上遇见他。

寒假里,只要是妈妈上班的日子,或是妈妈对我的作息睁一只眼闭一只眼的时候,我就把自己挂在网络上。

捞到的幸福,如果不会及时享受,那是天下第一大笨蛋。我可不做这样的人啊!

网络造福新世代,还真是所言不虚。

通常我是先选好想听的歌曲,再把耳机戴上,一边听着优美的旋律,一边浏览我喜欢的网站,不过如果有同学在 MSN 上 call 我,我当然也会分点心神和他们聊天。

平常在 MSN 上,我几乎不主动 call 人家的,反而习惯等别人来 call 我,然后天南地北地一起在 MSN 上扯个不停。不知道为什么我就是这样子,还好朋友们也从来没抱怨过,反正不管谁 call 谁,结果都是聊得很 high,欲罢不能。

我妈之所以限定我使用计算机的时间,就是因为她说我一上了 MSN 就像吃吗啡一样上瘾,不知道下线。

是这样的吗？我有这么离谱吗？

但是说真的，一旦计算机开了机，找数据做作业这些事，我都会在最短的时间内把它搞定，接下来的时间当然就玩了。

真不懂我妈，MSN 这么好用，又不需要特别再多准备什么，也不用额外再付费，她怎么不会想要用 MSN 和她的同事、朋友联系，反而选择用手机交流，真是蠢啊。（这话不能让我妈听到）

前天姐姐唱了梁静茹的"分手快乐"，于是今天我就下载来听听看，顺便把它唱熟一点，说不定将来真的会有一天对着某人唱呢。

咦，八字都还没一撇，我就想到那么久以后的事，真三八。

算了算了，不想那些没用的事，我还是听歌吧。

我无法帮你预言　委曲求全有没有用

可是我多么不舍　朋友爱得那么苦痛

爱可以不问对错　至少要喜悦感动

如果他总为别人撑伞　你何苦非为他等在雨中

泡咖啡让你暖手　想挡挡你心口里的风……

（分手快乐，词：姚若龙，曲：郭文贤）

"分手快乐"才听到一半，计算机屏幕上就闪烁着"二代人"call 我的窗口。

哇，终于等到"二代人"上线了。

我的情绪莫名地高涨，但到底在高兴什么？想想不过是个"二代人"而已嘛。

"李之颖，台湾冷吗？这里冷极了。"

他不是要追我吗？怎么问这种白痴问题？我愣了两秒，然后就很自然地回话给他。

"这里最低气温十一度左右，你那里有多冷？会比这里冷吗？"

看我这么回答，就知道我多没常识（不，应该说多没知识，纽约的纬度比高雄高那么多），竟然问出这种白痴话。

但是问都问了，又能怎样？等着让"二代人"取笑好了。

"哦，看来今年高雄也够冷的哦，你受得了吗？"

"二代人"没取笑我，反而关心我呢，怎么这样？怪怪的。

正不知道该怎么回应时，我突然想起台湾和纽约的时差，现在我这边是下午，那……"二代人"不就是半夜用计算机了？他不用睡觉吗？没人管他吗？

"阿顺，你那里不是半夜吗？干吗不睡觉？当游魂吗？"

"时差还没有倒过来，睡不着，上线来碰碰运气，看能不能遇见你啊。"

时差没倒过来？谁晓得他说的是什么，大概就是没法适应吧。拜托，天黑了，躺下床去，闭上眼睛就会睡着了，哪那么多"眉角"？

我看哪，"二代人"不是命太好，白天睡太饱，就是他很神经质。管他咧，他又不是我的谁，我自己睡足就好了。

"遇见我要干吗？"

"告诉你，我买了一顶帽子要送你。"

"帽子？"

他有没有毛病啊？送我帽子？送我帽子做什么？我出门有戴帽子的习惯吗？"二代人"真奇怪。

"白天很想睡的时候被拉去逛街，我看到一顶很好看的帽子，你戴起来一定是 very pretty 的。"

什么？不知道想睡的时候审美眼光会不会有问题？那是什么帽子，真的能让我变 pretty 吗？我心里有点怀疑。

咦？越想越不对，"二代人"干吗要送我帽子？一定得问清楚。

"阿顺，干吗要送我帽子？"

"没干吗，怎么了？不能送你帽子吗？那送别的。"

什么吗？我的意思又不是说要别的东西，"二代人"怎么可以这样曲解我的意思。

"不是不能，我是问你为什么？"

"不为什么，我就是喜欢嘛。"

啊？他就是喜欢？

这一句，让我浑身不自在了。

不自在的时候，我就想逃离现场。

我的意思是，于是我对"二代人"撒了一个无伤大雅的小谎。

接纳老朋友

chapter 2

"我要去接电话……"

天知道我是在计算机前发呆。

"二代人"这意思是什么，再白痴也该明白的。

可是我从头到尾都还没答应他啊，从他飞机起飞前到飞机降落后，我好像都还没跟他说："好吧，我们就together吧。"

那……"二代人"怎么可以这么……霸道？

不过……也还好，算他主动好了。

可是，我该怎么办呢？

嗯，看来只好……兵来将挡、水来土掩了，who怕who了。

我在这头心情转了千百回，"二代人"在那头不断敲出他的话。

"帽子是不透风的，黑丝绒的材质，大方典雅。"

哇？鬼咧，我们十六七岁的年纪，要的是青春活泼，谁要大方典雅，"二代人"是不是头脑坏掉了？不过，黑色倒是我喜欢的颜色，他怎会知道啊？

"李之颖，你电话也讲太久了吧。"

这句话害我在计算机前面大大"扑哧"了一下，口水都喷到计算机屏幕了。我说去接电话，"二代人"还真的相信，他真好骗呢。

"哦，我受不了了，快睡着了。"

累了吧？就说嘛，只要是人都会有疲累的时候，你就快睡着吧。

"下次再聊，我去睡了。"

哈哈，我的祈祷奏效了。

"拜拜。"

"二代人"一下线，我的警报就解除了。

真是的，一点儿都不浪漫。

男生女生的交往就是这样开始的吗？

讨厌的"二代人"每次都破坏我使用计算机的好心情。不过这样也还好，如果是学校还没放寒假，"二代人"在学校当面跟我说这些，我可能会更尴尬吧。

说到学校，过了明后两天的周末假日，下星期就要到学校上寒假辅导，那时"二代人"应该还不会回来上课吧？（我又没常识了，"二代人"是去坐移民监的，哪会那么无聊三两天就飞回来？）

那……高一的寒假，他是不是也有去美国坐移民监？我怎么都没印象呀？

当我想破头也想不起来有关"二代人"高一寒假上辅导课的事时，"番石榴"解救了我。

"小颖，这么幸福，能上网。"

番石榴是跟我高一高二都同班的丑男，我们班女生说他的脸长得像番石榴一样，所以就给他取了这个外号。

同理，就能知道"二代人"为什么叫"二代人"了吧？移民的第二代嘛。不过这只是他 MSN 的昵称，高一时我们班的同学才不这样喊他呢。

其实"二代人"有个特别有力的名字"张安顺"，所以男同学都叫他"阿顺仔"。听起来就像去到乡下，这边唤过来那边叫过去的阿什么什么仔的，听起来很难

听，所以我们女生都不这么叫他，顶多是喊他"阿顺"而已，才不加上那个仔字。

还好他是男生，不在意这些，换成女生可就会斤斤计较了。所以千万别对着女生说她是台妹哦，要不然等到人家找来打你时，就来不及啦。

"当然幸福啊，我妈上班去了。"

"那你就天天进MSN，这样我们就可以天天聊天了。"

"去你的，谁要跟你天天聊啦？去找你的小花。"

"小花"是隔壁班的女生，因为她的书包上别满大大小小花朵样式的别针，所以他们班的同学都喊她小花。（真像喊小狗呢）

番石榴对小花有意思，是我们两班人人皆知的事，至于小花怎么想，我就不知道了。

"小花又没上网。"

"你等啊。"

对嘛，就是等嘛。像我这两天挂在 MSN 上，就是为了等"二代人"，可是等到了，反而因为别扭，也没聊上什么。

番石榴也会这样吗？小花也会这样吗？

"喂，番石榴，你有没有约过小花？"

"没约成。"

"啊？为什么？"我心想难不成小花真嫌番石榴丑？

"我哪知道？她就是不想跟我去嘛。"

"你约她去哪里？"

"去 KTV。"

"就你和她两个人？"

"不是，还有长脚、小胖、阿俊他们几个。"

"就她一个女生？"

"是啊。"

天呐，一群男生中只有一个女生，谁敢跟你去唱歌？番石榴，你还真番石榴呢。"番石榴，你真白痴，只有小花一个女生，她当然不去啦。"

"为什么？"

番石榴是真蠢还是假智障呀？这么简单的道理都不懂，还得我来点破。

"只有她一个女生，如果你们几个男生联合起来非礼她，她不就死了。"

"拜托，我们是这样的人吗？李之颖你想象力也太强了吧。"

"哦，是吗？知人知面不知心哪。"我在这句后面还加了眼珠子直转的表情符号，自己看了都挺好玩的。

"李之颖，你当我番石榴是禽兽啊？"番石榴打了三条直线，我懂他的意思。

不过，嘿嘿，番石榴是水果，水果是植物，怎么会是动物？

我故意找番石榴的语病。

"我只知道番石榴是水果，什么时候它变成动物了？"

"李之颖，你真是老外呢。"

"再说我老外，叫我妈打你哦。"

"来啊，来啊，打不到，打不到，你要怎样？"

接纳老朋友

2

chapter

我最讨厌人家挑衅，虽然我知道番石榴只是和我玩，但他这时我就是想揍他，偏偏他又躲在屏幕后面。

算了，不玩了，于是我敲给番石榴一个"拜"字。

番石榴可能吓到了，以很快的速度把字送过来。

"喂，生气了吗？开开玩笑也不行啊？"

哼，本姑娘不跟你玩总可以吧。

不理他，我自顾自进了电信网站，看看他们有什么手机优惠，因为我超想换一部有照相功能的手机。

才专注地看着没几分钟，番石榴又传来一句。

"李之颖，对不起啦，你不老外，可以了吧？"

哼，来求饶了，可是我已经没兴致再玩 MSN 了，所以只是笑了笑，也没回话。谁知道番石榴这臭男生竟然这么怕我生气，他又接着传来一句。

"李之颖，不要生气了，下星期一请你喝梅子奶绿。"句末还加了个苦脸表情符号。

哈哈，我赚到了。

"番石榴是你说的哦，不能反悔，梅子奶绿一杯，哇。"我顺便回给他一个眉开眼笑的表情。

"哼，你真贼呢，我以为你生气了，害我赔了一杯梅子奶绿。"

"喂，大丈夫一言既出驷马难追，除非你是女人。"

我这话说得过分了点，但是很顺手就敲出去，来不及了。

"李之颖，你不怕我在梅子奶绿里下毒，毒死你这个魔女？"

"哎哟，我怕怕！"表情符号之后，我再补上一句，"谅你也没那胆子，哼。"

敲出这一段话后，我冷静地想了一下，是不是因为番石榴跟我已经有一年半同学的情谊，彼此都熟知个性，所以才能这样闹？换成"二代人"，我还能这样毫无禁忌地玩吗？天知道……

"小颖，又在整天上网啦？"妈妈开了房门，探头进来说了我一句，我对她吐舌头扮鬼脸。

咦？妈妈什么时候开门进来的，我竟然都没察觉到。

低头看一下腕上的手表，呀，已经六点了，我挂在网上的时间整整五个小时了。趁着妈妈回她房间换衣服，我赶快跟番石榴说拜拜，然后下线，免得待会儿妈妈看到我还流连网络，又要大发雷霆。

"妈，人家整天在家好寂寞呢。"我跑进妈妈房间，像无尾熊似的抱住妈妈撒娇。

"你寂寞个头啦，老是在 MSN 上鬼扯，还寂寞呢。"妈妈敲了我一下。

"哎哟，好痛啊。"

"哪里痛？痛，就要去看医生。"爸爸回来了，竟然叫我去看医生，天哪。

"她哪是哪里痛，是我敲她一下啦。"妈妈说道。

"哦？"爸爸一脸莫名其妙。

"爸爸，你老婆敲我的状元头，我书读不好，要怪她啦。"我不但告状，还把书读得差推给妈妈承担。

"说什么呀你？整天只知道和计算机较劲，你哪有

接纳老朋友

2

chapter

-29-

读书，还怪我？"妈妈也不是省油的灯。

"没读书，只玩计算机，就该敲醒她，再敲。"

什么？这什么爸爸啊。我和妈妈对望了一眼，我做了个耸肩加上无可奈何的表情，妈妈耸肩下的表情则是"你活该"。

"咦？之慧呢？还没回来啊？去哪儿了？"

爸爸开口问，也不知他是问妈妈还是问我。

我和妈妈两人都没回答。但爸爸没放弃，继续再问：

"之慧呢？问你们也不回答。"

"谁知道你问谁？"妈妈说。

"知道的人就开口说，不会吗？"

咦？爸爸这话好像是问我的意思哦。因为妈妈上班去了，我辅导课只有半天，理论上下午就剩我和姐姐在家，当然是我才知道啦。

"中午一点的时候，姐姐说她和同学约好要去听演讲。"

"怎么到现在还没回来？"

"我哪知道，她又没说几点回来。"

"也没打电话回来？"

"没。"

"要吃饭了还不回来，搞什么？我还买了她的盒饭呢。"

爸爸自言自语着，大有多出一个盒饭该怎么收拾的烦恼。

这时"砰"的一声，姐姐的关门声大到我们都知道她回来了，不过她还多事地喊出："我回来了。"

"回来就回来，门不必关得那么用力，会坏掉的。"

爸爸心疼我家大门。

"吃饭就知道要回家了？"妈妈有点不高兴。

"是啊。"这么无耻回答的人不是我。

餐桌上，我们四个人吃着各自的盒饭。

说起来，爸爸可称得上是现代好男人的模范呢。他会在下班回家的路上买回我们的晚餐，除非妈妈前一天已经说好要做饭，否则他都会风雨无阻地喂饱我们三个嗷嗷待哺的天兵。

为什么说我们是天兵？

因为爸爸说他是秀才，遇到我们这三个兵，他再有理也讲不清，最后都只能举双手投降。

其实爸爸是谦虚啦，人家我妈说爸爸是主帅，家里大事都要听他的。问题是我们家好像也没有过什么大事嘛。

"之慧啊，没事就不要出去，帮妈妈盯着小颖嘛，再一年她就要考大学了，不拼不行的。"

妈妈嘴巴含着饭说话，我宁愿听不清楚她在说什么，可是偏偏又听得一清二楚。而且不但我听得清楚，连爸爸和姐姐也都听见了。

"我是去听演讲呢。"姐姐先辩解，然后找我质询，"李之颖，你没说我去听演讲吗？"

"我说了啊。"

餐桌上空，妈妈、姐姐和我三个人的眼神正在交战。难分高下时，爸爸话中利剑一出鞘，我们都败了。

"你这妈妈也真是的，读书是小颖自己的事，要读

就自己读，干吗还要人家盯。只是女孩子没事不要老是在外面逗留，外面不安全，你不知道吗？之慧。"

"小颖自我约束力不够，之慧总是比她大，陪着她总行吧？"妈妈不甘心吃败仗。

"干吗要我陪？爸爸都已经说读书是她自己的事，爱读不读，随她。"

这什么姐姐？我也不稀罕她陪。

"干吗要姐姐陪，爸爸说读书是我自己的事，妈，我知道要怎么读的啦，你就不必多操这个心。"

"知道怎么读？我看你是知道怎么在MSN上聊天吧。"

呵，真看不出来，我妈也懂我们新人类的语言，看来她不老嘛。

"妈，你也会说聊天啊？"

我根本不是要拍马屁，可我妈的屁股已经翘得半天高，她可神气了。

"你才知道啊？别以为我不懂你们这些小鬼在玩些什么。"

"她才是小鬼，我不是，我满二十岁了。"

"满二十岁还是要守家规，晚回家要先说，不然家人会担心。"

啊？还是爸爸行，他在意的事情还是会绕回来了，姐姐比他晚回家的事情他一直放在心上，看来爸爸真的很担心他女儿的安全啊。

一顿饭就在妈妈叨念我读书、爸爸关注我们的安全下囫囵下肚。对我来说，吃饭不是最重要的事，套一句大人常说的话，我们现在的孩子营养早就过剩了。

那么，什么事对我来说是重要的？别以为是读书这件事，读书是不得不做的事，但还没重要到我会把它挂在心上。

眼前最重要的……是啦，对啦，就是和"二代人"交往的事啦。

爸妈虽然都很开明，但是我知道他们还是希望念高中的我把精力全放在学业上，所以我暂时不打算跟他们说这件事。

其实，还有一个不想说的主要原因是，我们才刚开始，但姐姐前几天却断言这段初恋只有两个月的寿命，既然如此，那我还讲什么啊。

不过，还是得有人帮我出出主意……

而这个人选，当然就要找有过恋爱经验，又和我同是新人类的姐姐啦。

于是我跑去敲了敲姐姐的房门。

"请进。"姐姐很有礼貌哦。

我开了姐姐房门，刚准备踏进去，她就发话撵人了。

"去去去，去读书，我还以为是爸爸咧。"

"哼，对我就这么凶，亏你刚才还那么客气地回答'请进'！"

"都跟你说了我以为是爸爸啊。"

"爸爸能来，我就不能来吗？"

"哼，老爸会给我零用钱，你会吗？会吗？"姐姐从她床上站起来，右手食指戳着我的额头，我的头都快

接纳老朋友

2

被她戳歪了。

"哦，拜托，我又不会赚钱，当然没办法给你啦。以后我当了豪门少奶奶，不会忘记你的。"

"哈哈哈……呵呵呵……你要笑死人啦？李之颖。"

我只是随便说说，却因为正经的表情，引来姐姐信以为真，她居然喷饭似的笑着，还把口水都喷到我身上来了。

"喂，你卫生点好不好？"我想擦掉姐姐的口水，却又怕手沾到。

"呵呵……凭你这模样，你说，你要嫁进哪家豪门？谁要你啊？"

姐姐捏着我的下巴，把我硬是拉到穿衣镜前面，然后对着镜子里外的我投以不屑的眼神。

姐姐捏得我实在很痛，于是我抬起右手拨开她，然后抚着我美丽的鹅蛋形下巴。被她这一捏，不晓得有没有变形了？

我盯着镜子仔细看。

"姐，你看，都把人家捏红了。"

"不会死啦。"

啊？说这什么话？有这种缺乏手足之情的姐姐，真是我的不幸啊。

"人家的鹅蛋脸被你捏坏啦，看你怎么赔我？"我转身怒目瞪着又坐回床上的姐姐。

"赔什么？弄坏了什么东西？"

又是爸爸来了，我和姐姐都不想理他。

"之慧，这是这个月的零用钱，你自己要规划好，不要只顾买化妆品，午餐就都不吃哦。"

爸爸手中那一叠新台币真吸引人呢，我也想要。

"爸，我呢？我也要。"我勾着爸爸的肩撒起娇来。

"你要什么？"

呵，爸爸还装傻。

"我也要钱，不过不用像姐姐那么多啦。"我算是有良心的。

"你早餐晚餐在家吃，在学校有营养午餐，而且要交什么钱我都帮你交，你还要什么？"

爸，我就不信你真不知道我要什么？

"我要零用钱啦。"

最后，爸爸还是对我这小兵无能为力，硬是让我搜刮了他一千元。拿着那张钞票真是爽啊。

"爸爸，阿力咖多、Thank you、谢谢、多谢、感恩啊。"能说的、会说的感谢词全部出笼，说得爸爸笑咧了嘴，摇晃着他的大头，留下一句"真是拿你没办法"，然后他就出了姐姐的房间。

有了一千元，能做的事可不少，不过眼前还不是规划怎么使用这张新台币的时候，我可是没忘记进姐姐房间的目的。

偏偏爸爸才刚离开她房间，我还没来得及开口，姐姐又对我下逐客令了。

"喂，李之颖，来到我这儿，托了我的福，让你赚到了一千元，好了，目的达到，可以回你房间去用功读

-35-

书了吧。"

"姐，你真无情呢，我是有事来请问你，人家都还没说，就要赶人家回去，你真那个呢。"

"真哪个？好啦，让你问，有屁快放吧。"

亏姐姐还是公立大学的学生，也是个稍有姿色的女生，竟然会说粗话。唉，家门不幸啊。算了，她是她，我是我，只要我不说粗话就好。

不过，我好像也会说……嘻嘻，怪不好意思的。

"是这样的，上次我不是跟你说过我同学'二代人'吗？"

"是啊，'二代人'怎样了？他去美国了不是？"

哇，姐姐记性真好。她有把我的事记住呢，嘿嘿，她还是有手足之爱的。

"对啦，他去美国了。今天他在 MSN 上跟我说，他买了一顶黑绒帽子要送我呢。"

"哇！买了帽子要送你？这么快啊？"姐姐跃下床站到地面上，一脸不可思议的神情。

"什么这么快？"我不懂。

"这么快就送礼物啦？才几天？你们才开始几天？"

"什么开始几天？我根本也没有明确回答他，他自己就……"

"哦，'二代人'这小子很积极嘛，很好，我喜欢。"姐姐微微扬起嘴角一笑，"这人该不是浪漫的双鱼男吧，懂得送礼博取芳心，那接下来不就月下漫步、吹山风听浪涛了？真有他的呀。"

姐姐讲了一串，虽然听起来像是称赞双鱼男的浪漫，其实意在贬损。我还算有脑袋的，听得出姐姐真正的语意。

"是不是？'二代人'是不是双鱼座的？"姐姐继续追问着。

"我不知道，没问过。"

交朋友就交朋友，血型、星座、八字重要吗？那还要不要再参考姓名笔画？连姐姐这种学理科的人都迷信星座，真是的！

"我就说嘛，你啥都不知道，这个恋爱怎么谈得成功呢？"

"拜托你啦，姐，谁会才刚交往就问一些杂七杂八无关紧要的东西。男女交往又不是要当情报人员，我还身家调查啊？"

"说你不懂你就是不懂，很多看似无关紧要的事，其实都牵一发动全身呢。星座多少显现出一个人的特质，能够相合的星座相处在一起，才不会搞得鸡飞狗跳、水火不容的啊。"

姐姐这么说也是有她的道理。

这几年星座算命的节目火得很，连晨间新闻都会有星座的讯息呢。好吧，就当成姐姐是教我凡事都要知己知彼，才能百战百胜，所以我应该好好向她学习啦。

"不过双鱼男太浪漫了不好，我怕你那'二代人'是像奶奶常说的'头仔烧烧，尾仔冷冷'那一型呢。"

"喂，姐，'二代人'是什么星座我都还不知道，你干吗一直把他当双鱼男啊？你真神经呢。"姐姐从"二

代人"要送我帽子就断定他是双鱼座，好像太牵强了。

"嘿嘿……"

姐姐也自觉不好意思地笑了几声，不过也才尴尬两秒，她马上又语出惊人了。

"难啦。"

"什么难啦？"我是一头雾水。

"你和'二代人'交往的事要有善终，是难啦。"姐姐那一副摇头摆脑的样子，活像铁口直断的算命师，难道星座的书看多了，也能自成一家吗？

"姐，你也拣好听的字眼说，什么会有善终？我又不是要死了。"

"随便啦，小颖，你的豪门少奶奶美梦，如果是寄望在'二代人'身上，老姐我劝你还是趁早死心吧。"

我哪里有豪门少奶奶的梦，随便说说的姐姐还真信。就算我真有这美梦，压根也没想过对象是"二代人"，不过姐姐这么一说，我非得问个清楚，为什么她老是不看好我和"二代人"呢？

"为什么？"

"没为什么，本人的直觉。"

"什么烂直觉，总有个蛛丝马迹，你说说看嘛。"

我推着姐姐往床上坐，自己也挨着她坐下。

"嗯……你们现在是隔着天、隔着海，在看不到彼此的 MSN 上交往，这种感觉和实际相处是不一样的。"

嗯？好像有点道理。

"'二代人'开学就会回到学校了。"

"回到学校又怎样？天天见面又怎样？一定能擦出火花吗？更何况你们还不同星座呢。"

怎么话题又回到星座了？"二代人"一定和我不同吗？姐姐是哪一只眼睛看出来的？

不过从另一个角度来看，姐姐说的倒也是，天天见面又如何？"二代人"和我就一定会有美好的爱情吗？谁又知道呢？

不过，套一句俗话说的"船到桥头自然直"，反正就这样了。

我只是决定要和"二代人"together，至于能有多久的寿命，who care。现在不是都流行"不在乎天长地久，只在乎曾经拥有"吗？

第3章　温暖的礼物

为期两周的寒假辅导结束后,紧接着就是农历年假。

年假里我反而不敢明目张胆地用计算机,我这人还算是识时务的俊杰,爸妈都放年假在家,我还是不要太嚣张的好。

而且我自知身份特殊(卡在高二),年龄也太幼稚(未达爸爸放单飞的十八岁),所以也不敢太直白地说要和同学出去。其实每次看着姐姐进出自如,我心里就羡慕得要死,恨不得医学界快快发明一种生长激素,吃它一口,一夜就能长一岁。(幻想长大到这种地步,我是不是疯了?)

不过今年春节,我从爸妈手中拿到了厚重的礼物。

这个一定要先说明,在我们的小家庭里,从我懂事以来爸妈都不给我们压岁钱。他们两个对此倒是志同道合,讲好了似的都给礼物,很特别吧。

今年的除夕下午,爸爸就先给我和姐姐他的那一份。

"来,这一份给之慧,这一个是小颖的。"爸爸递给我和姐姐各一个红包。

我和姐姐都面露奇异眼光,这到底是什么东西?

跟以前不太一样,以前都是精美包装的实物。

　　可是今年？怎么只成了一只红包袋？真不够分量呢，摸起来比一张一百元的钞票还薄，该不会是一张面额随便我填的空白支票吧？（我的豪门之梦也太扯了……）

　　可能是我脸上的表情变幻不定，爸爸因此问我："怎么样？喜欢吗？"

　　拜托，我都还没看，怎会知道喜不喜欢。

　　"喜欢吗？爸爸买给你。"

　　姐姐学着乐透广告的台词，结果我们全笑了，连妈妈都咯咯笑着。姐姐甚至还抱着爸爸的肩，上下跳着叫着，真是的，都说她是成人了，还装小？

　　"爸爸，谢谢！爸爸，你真好！"

　　"喜欢吗？"爸爸还真像乐透广告里的爸爸呢。

　　什么嘛？这是怎么一回事？姐姐才掀出红纸一角来看，她就乐成那样。

　　到底爸爸给的是什么？我也忍不住想赶快看看。

　　咦？这是什么？我有没有看错？

　　我的红包袋里有一张红纸，红纸上有爸爸亲手写的字。

　　"OK WAP 双屏幕照相手机一只。"

　　哇！爸爸超好的，他怎么知道我爱这款手机？他真的做到"喜欢吗？爸爸买给你"了呢。

　　爸爸，我爱死你了！谁能与你比？

　　我现在终于明白姐姐控制不住自己装小的原因了，因为我也一样。

"爸爸，你好好啊，天下找不到比你更好的人了！"

"哎哟哟，小颖啊，拍马屁不用缴税金，所以尽量拍是吗？"妈妈出声了。

"小颖最恶心了。"

"才不是呢，我真的最喜欢爸爸了。"我勾着爸爸的手不停晃着。

"我可不敢想哦，等哪一天有个大帅哥来追你，你肯定忘记我是你老爸啦。"爸爸说着捏了我鼻头一下。

真奇怪，他们都喜欢捏我鼻头，干吗？嫌我鼻头不够丰满啊？

"对嘛，'二代人'要是勤一点，你就会忘了我们的老爸啦。"姐姐真多嘴。

"什么'二代人'？"

"谁'二代人'？"

爸爸妈妈同时发出相同的疑问，害得我有点儿不好意思。

"我同学啦，他移民去美国。"

"哦……"两夫妻还真同心呢，一起哦了很长的一声。

"那'二代人'怎样了？看上我家小颖啦？"爸爸这样消遣我。

咦？老爸今天不一样呢，他竟然没有搬出"你才高中二年级，自己要弄清楚，什么事对你而言是一等一的重要，要把精神放在那上头，等以后上了大学，再去想交男朋友的事……"等等大道理。

是除夕的关系吗？如果是，那我会向上帝祈求，天天都过年好了。

"哦……爸！不跟你好啦。"

"会不好意思哦？"

"死小鬼，装腔作势。"

"哪有？"我当然不承认，因为我本来就不是这样的人。

"好啦，你们两个别斗嘴，小颖你说说，这个'二代人'是个怎样的人？"妈妈正经八百地问我，一副身家调查的态势。

这是我们家的作风。

爸爸妈妈对姐姐和我比较要好的同学，都会有一定深度的认识，我们都是开诚布公的，让爸妈从我们的叙述里，或是从我们带回家里的实际情形里，和我们的同学交流。

所以我的同学都很羡慕我，说爸妈和我们一样大，都不会把长辈的权威摆出来。这么说也对，不过爸妈还是有他们的规定，我爸说那是我们家的家规啦。

"说呀，都跑来我房间缠我了，现在反而不说，你真……"

"之慧，你让小颖说嘛。"妈妈制止了姐姐。

"哦。"姐姐似乎意犹未尽地对我扮了鬼脸。

唉，看样子被姐姐这大嘴婆一陷害，我本不想和爸爸妈妈说的事，还是得说了。

温暖的礼物

3

chapter

我们这一家还真是保不了密，就更别谈要防谍了。

"'二代人'哦，'二代人'，他爸爸办了移民，所以他有绿卡，每年寒暑假他都得去坐移民监。"

我简单地介绍了"二代人"，然后也不知还要说什么，当然就是闭嘴了。

爸爸、妈妈和姐姐等了半分钟，看我没反应，爸爸先出了声。

"就这样啊？这个什么人就没有什么优点可以说吗？"

"不是、不是啦。"

三个人六只眼睛盯着我望的时候，还真有点怪怪的呢。

"快啦，你大乌龟啊？"姐姐总是出言不逊。

"哦……'二代人'一放寒假就飞去美国，他高一和我同班，高一的时候他有一点喜欢我……"我看见爸爸做了个吃惊的表情。

什么，我也是有几分姿色的。

"刚放寒假时，我在 MSN 上遇见他，他说想跟我 to-gether 啦。"

"什么？小颖你刚刚说他想跟你什么？"妈妈那样子好像发生七级以上的地震似的。

"together 啊。"

"together？"这次换爸爸了，不过他比较没有妈妈那样夸张的表情。

"唉，你们想到哪里去了，他们说的 together 就是说交往、做朋友啦。"

姐姐的解说刚结束，爸妈立即露出如释重负的神情。

拜托，他们是想成怎样了？

together 就是 together 嘛，干吗这么大惊小怪的。

"小颖啊，爸爸告诉你啊，原则上我和你妈不反对你交朋友，不过你自己要注意分寸，凡事有轻重缓急，现在你最重要的事是什么，你自己没忘就好了。"

刚刚还想说是不是春节关系，爸爸的大道理暂停放送，没想到还是免不了要听一遍。

交朋友和读书应该是两码子事吧，爸爸怎么会把它们联系在一起呢？

"小颖，'二代人'这样不会太辛苦了吗？寒暑假都得跑一趟美国？"妈妈这是爱屋及乌吗？她竟然关心起"二代人"来了。

"没办法啊，他们想要有美国公民身份就得这样啦。"

"全家一起去啊？"

"才不呢，他爸妈平常分开去，所以寒暑假只有他自己一个人去。"

"啊？"爸爸妈妈同时发出惊呼声。

"他是独生子吗？"妈妈问我。

"嗯。"

姐姐又发挥她那爱管闲事的个性帮我加注了。

"我跟你们说啊，'二代人'一去美国，就买了顶丝绒帽子要送小颖呢，小豪门一个。"

我看到爸妈的眼珠子就快掉下来了，但我不像我们班那个爱搞怪的素素，会拿着手掌在人家眼睛下方做出要接人眼珠的动作。只是我也和爸妈一样把眼睛睁大、睁圆，要比一比，谁怕谁？我是他们生的，眼珠子不会比他们两个小，除非……我是抱错的……（这怎么可能？）

"你怎么知道？"

幸好茅头对准的不是我。

"'二代人'在 MSN 上告诉小颖，小颖跟我说的，不然我也没有神通？"

"他为什么要送你帽子啊？小颖。"这是妈妈的疑问。

"我哪知道？"我想起我问过'二代人'这事，也还记得他的回答。

"你没在 MSN 上问他？"爸爸说。

"问了啊。"

"问了？那'二代人'怎么说？"妈妈非得打破砂锅问到底。

"他说……他就是喜欢嘛。"

虽然我家爸妈都不会摆出父母的威严样，可这时这么说着，我也是会害羞的呢。

"呵呵呵……"

咦？爸爸笑了。有啥好笑？"二代人"这话好笑吗？

妈妈显然不认为有啥好笑，所以妈妈看着爸爸的眼神带着点责怪的意味。

姐姐最没意思了，我是她在这世上唯一的手足（这也难说，如果妈妈不小心再生出一个弟弟或妹妹，那就未必了，所以我也不能太有恃无恐），她居然耻笑我。

"呵呵，我们家丑妹也有人喜欢了，而且还买了舶来品要送她哦。"

"我哪是丑妹啊，我是我们班长得最正的呢。"

"你这哪叫正？看仔细，我才是。"大言不惭的是姐姐。

"什么叫正？"

老爸你也太逊啦。

"这你都不知道？你落伍啦。正？就是说长得漂亮嘛，逊。"哇咧，妈妈的口吻还真有新世代的风格啊。

"哼，我们同学都说我是二班正妹呢。"

"两个斑点的二斑啊？"姐姐实在很讨厌啊。

"爸，你看姐姐啦。"我向爸爸求援。

"之慧，不要这样闹她，小颖就是长得可爱才会有男生喜欢。"

爸爸说句公道话。

"不过不管怎样，你就是不能忘了你的本分，知道吗？小颖。"

爸爸这句话，没人会爱听的。

倒是妈妈比较懂得我们 teenagers 的心情，她说："小颖，交朋友的目的是扩大自己的生活圈，经由朋友的眼睛，你可以看得多、看得广，只是在这个过程中，要懂得尊重自己，也要尊重对方。自我保护是很重要的一

环，但是也不要因为你的有意或无心而伤害到别人，懂吗？朋友交往是一门很深的学问。"

啊？我根本没想那么多，纯粹只是好玩有趣，"二代人"说要交往就交往，单纯只是这样，哪有那么多、那么深的学问哪。

那姐姐和林书棋之间呢？

他们交往的时候，是不是也像修了一门哲学系的课？那他们分手的时候呢？各自拿到了多少成绩？

我还在想着恋爱的深奥和姐姐的分手情况，妈妈的那份春节礼物就来了。

"之慧，这是你的。来，小颖，你的是这个。"

我和姐姐各从妈妈手中接过包装细致的小礼物，然后都迫不及待拆开来看。姐姐"啪"的一撕，漂亮的包装纸就被她撕破了，同时也露出里面一个黑色小纸盒，我好奇地凑过去看，是一盒"蚕丝透气美白细肤粉"。

"哇，姐，蜜粉呀，扑上一层，你就能一白遮三丑了。"我趁机报了前头被姐姐消遣的一箭之仇。

"我本来就细皮嫩肉、唇红齿白、丽质天生，你知道吗？知道吗？"姐姐又捏我鼻子了。

"好，算你美，但你是坏心的皇后，老喜欢捏人家鼻子。妈，你看，姐姐把人家鼻子捏肿啦。"我损了姐姐，还顺道跟妈妈告状。

"你们两个真爱闹，不管你们，呵呵……"妈妈居然这么回答，害我告状无效。

"看看你的是什么？"换姐姐靠过来我身边，想看看我的礼物。

我故意拿到背后，"不给看，你要怎样？"

姐姐这人真恶霸，居然出手想要抢过去，我赶快闪到爸爸身边，有爸爸这座靠山，谅姐姐也不敢太嚣张。

"好，臭小鬼，不给看的话，以后有事别来找我咨询哦。"

姐姐这一招够狠，算我怕她，也只好把妈妈给的礼物当着大家的面拆了。

"快一点啦，慢吞吞的，发生地震时你一定跑不了。"

"妈，姐姐诅咒我。"

我这状告得没有效果，因为爸爸和妈妈两个人都只是呵呵笑着，根本不出手援助我。

我慢条斯理地把美丽的包装纸不做破坏地掀开，里面是一支 made in Australia 的护唇膏。

哇，妈妈你真好！

我双手缠住妈妈脖子，一直重复说着这句话。

"好了，你妈快被你勒死了。"爸爸不舍得他老婆了。

"前一阵子你一直说你嘴唇会裂开，所以妈妈就想到给你一条护唇膏，保护你美丽的小嘴，特别要你爸从澳洲带回来的哦。"

"妈妈你真好。"

"少肉麻了，我还……有你真好啊。"姐姐吃我的醋。

"喂喂，之慧啊，你妈我可不是小武他外婆哦。"

温暖的礼物

3

chapter

呵呵呵……哈哈哈……

我们母女三人笑成一团，可怜爸爸还是听不懂我们的谈话，他愣着一张脸，很委屈很无辜地看着我们，一点儿也插不进我们的小圈圈。

"喂，你们母女三人联手排挤我，说些我不懂的话，谁是小武？他外婆又是谁？我怎么不认识？"

这下子我和妈妈姐姐笑得更激动了。

爸爸啊爸爸，你也真天才，听不懂就不懂，又不会少了你什么？干吗一定要附和我们呢？

小武？小武的外婆？他们只是一部韩国电影的主角，谁认识了？

"喂，小颖，你说清楚，小武和他外婆是谁？你们怎么认识他们的？"爸爸以无辜的语气问着。

"哈哈……爸爸……拜托你啦，小武和他外婆……小武和他外婆……呵呵呵……"

我根本都还来不及开口，姐姐就很神经地接话，明明已经笑瘫了，还想回答爸爸，真是的。人家妈妈就比较得体，她已经笑得眼泪直流，所以她才不开口，免得像姐姐这样说得不清不楚。

"小武和他外婆究竟是谁？你也说清楚嘛，之慧。"

呵呵呵……我和妈妈、姐姐三个人好像吸到笑气，就这样一直笑个不停。其实笑久了，也很累呢，该要有个强烈的止笑妙方才行。

"好，你们再笑，再不理我，红包袋里写的东西就没处兑换了啊，包括你的啊，芳汝。"

赞，老爸这一招真是高啊。

他的话刚一说完，沙发上东倒西歪的三个人全自动坐直，六只眼睛见鬼似的瞪着老爸，三张嘴也张得奇大，可塞个卤蛋或橘子的了。

笑声突然间完全消失，客厅的气氛变得有点不自然的诡异，每个人都不知道下一秒会发生什么情况？

果然！

不是《镜花缘》里那只形象如猿的异兽哦，不过妈妈穿了上面有黑条纹的白色毛衣，也有那几分像了。

嘻嘻，妈妈要是知道我这样形容她，一定会抓狂，绝对比吼爸爸还大声地吼我。

"你说什么？李圣渊，连我的也……"

"没有啦，没有啦，只是开玩笑，谁教你们都不理我？"爸爸赔笑脸，还不忘再说一下他的委屈。

"……"妈妈虽没说什么，但那犀利的眼神分明是说"谅你也不敢"。

"那我们的呢？"我和姐姐异口同声为各人的权益请命。

"你们两个吗？再不说清楚小武和他外婆的事，老爸我就不兑现。"

真不公平，对他老婆和女儿就两个样……

为了我的 OK WAP 双屏幕照相手机，再怎样我也要忍住笑，赶快告诉老爸，小武和他外婆来过我们家，就

在他上次出国的时候。

"小武和他外婆来过我们家呢，在上次你出国的时候。"

"啊？小武和他外婆来过我们家？"爸妈和姐姐三人齐声喊出。

真是的，有什么好大惊小怪的，我话还没说完。

"我话还没说完，小武和他外婆是藏在 VCD 里来我们家的。"

我的话到现在才算全部说完，妈妈和姐姐又陷入一阵狂笑，爸爸却愣住了。

哦，老爸，你智商有那么低吗？没听懂吗？

"小颖你说……小武和他外婆是藏在……藏在哪里来我们家的？"

"VCD。"

"呵呵呵……哈哈哈……"这回爸爸也跟着笑了。

我就说嘛，我老爸怎么会低智商呢，他只是反应迟钝一点啦（关于这种脑筋急转弯的东西）。

我以为爸爸笑了，就是警报解除了，没想到我还是遭到爸爸的雷击。

爸爸敲了一下我的头，"小鬼，这样耍我？"

"哪有？是你自己不懂生活趣味的。"我一边回答一边摸着我的状元头，再跟爸爸撒娇一下，"好痛呢，敲得那么大力，把我的状元头敲坏了，看你怎么办？"

"你还状元头啊？"

又被敲了一下，怎么这么倒霉啊？

爸爸总算弄懂了，小武和他外婆是电影里的人物，他不在家的周六晚上，妈妈把片子租回来，我们三个女生一起看。

想想真好玩，我和妈妈、姐姐看《有你真好》的影片时，三个人哭成一团，面纸用掉大半盒。现在却因为对爸爸说《有你真好》的事，而全家笑成一团。

我觉得我真幸福，比小武还幸福。

上天给我最好的礼物，就是爱我的爸爸和妈妈，还有常常会吐我槽、捏我鼻子的姐姐。不管他们有没有送我礼物或给我压岁钱，我都很满足了。（当然最好是有礼物，而且越大越好、越多越好！）

除夕那天因为谈到"二代人"和我的事情，爸爸妈妈都劝我不要把朋友界定得太狭隘。这我当然知道，他们以为我是蠢蛋，和男生交往就会被拐了似的啊？

不过其实我也觉得很高兴，至少爸妈知道"二代人"的事时，并没有拿大学考试这顶大帽子扣我，更没有像小香她初中同学阿美的妈妈，一双眼无时无刻不在阿美身后盯着。

听小香说，阿美的妈妈每天早上送她去学校，中午帮她送午餐，下课时间一到，就在校门口等着把阿美接走，连让她和同学玩闹一下的时间都没有。我还听小香说，阿美的妈妈给手机只是让她有急事好联络，规定不能传短信，通话费不能超过基本的费率。同学好心帮她想办法，教阿美需要上网找数据做作业时，顺便在 MSN

上聊聊。结果好不凑巧，有一次阿美被她妈抓到，从此以后，阿美用计算机时，她那教人很头疼的妈就坐她旁边伴读了。

哇，我一想到阿美，就替她感到悲哀，这样的人生有什么意思，生不如死啊！阿美的妈自以为是保护阿美、为阿美好，她难道都不知道，阿美已经成了她的"私人物品"了吗？

小香逢人就顺便传播阿美变态妈不人道的事迹，听得我们这些外人恨得牙痒痒的。我们班的痞子痞越听越气，有一次他就说了：

"真无聊，把她女儿当贼、当肉票啊，小心我找人去打断她的手脚。"

"痞子痞，你神经啊，人家的家务事，关你屁事？"小香怕痞子痞如果去搭上黑道，真会找人去打阿美的妈。

"她这也算是家暴了吧。"痞子痞说。

"家暴你个头啦，阿美的妈又没打她骂她，人家她都对阿美说'我是为你好，现在这样限制你，你将来会感谢我的。'"小香还学着大人那种虚伪语气和表情。

"听她在放屁，为阿美好？她这叫软禁，软禁！你们懂吗？这是一种不出声音的暴力。"

软禁？不出声音的暴力？

哇，阿美这样的生活还有乐趣可言吗？这什么时代了，还有这种妈？我虽然没见过阿美，但是从小香口中认识到的阿美真可怜，我还挺同情她的。

我想如果阿美也读我们学校，我一定会特别照顾她的。

这样想想，我真的很幸福，虽然偶尔爸爸妈妈也会唠叨我，但他们真的给我很大的空间和自由。

像一个"二代人"，我们一家人就聊了很久。我懂爸妈的想法，事实上我自己也不急着钻进一对一的恋爱关系里，"二代人"和我纯粹只是一般朋友的交往而已。

我都还没满十七呢。

爸爸妈妈他们想太多了。

是不是每个当人家爸妈的都是这样神经兮兮、捕风捉影呢？

幸好我不像阿美是独生女，如果我生长在阿美那样的环境，我想我早就疯掉了。

爸妈除了关心我之外，当然也顺便关心了一下姐姐，尤其姐姐从大二开始谈恋爱后，常会掩饰不住喜悦地和全家分享她想分享的部分。

"……我们去看《明天过后》，还不错呢。"

这是姐姐和林书棋交往不久后，某次晚餐时她满面春风说出来的。

"对啊，我同学也说好看，姐，怎样好看？"

"不告诉你，自己去看。"

"爸，你看姐啦。"我向爸爸讨救兵。

"看我漂亮啊。"

"哕……"我做了个呕吐动作。

温暖的礼物

3

chapter

"你……"姐姐举起手想打我。

"好了，吃个饭也能斗，你们两个啊……"妈妈边说边摇头表示无奈。

姐姐和林书棋的交往情形，每隔一段时间都会因快乐的心情，而公开拿出来说说。除夕这天她没照往常惯例，反而是已经习惯了的爸爸开口问道：

"之慧，很久没听你说林书棋的事，你们怎么了？还好吧？"

咦？原来爸爸一直都有注意啊。

"是啊，最近比较少听你说到和林书棋去哪里哪里哦？"妈妈毕竟是妈妈，观察得比较仔细。

"姐和林书棋分手了。"我也八卦一下。

"要你多嘴。"姐姐瞪了我一眼，然后口吻如常地说："我发现我和林书棋的个性其实不太合适，我们的兴趣也不太一样，所以还是分了好。"

"不是因为另外有新选择？"妈妈问。

"妈，劈腿就劈腿，还问得那么文雅……"我再啰唆些。

"要你啰唆？"姐姐说。

"小颖……"妈妈瞪我。

"不是。"姐姐回答妈妈刚刚的问话。

"你这么确定？"爸爸问。

"确定，我们是在很平静的情况下谈分手的。"

"谁先提出来的？"这是妈妈问的，也是我比较好奇的部分。

"我们都有同样的感觉，可以算是一起讨论的。"

"这样就好。之慧，如果有什么事要谈可以找我们说的。"

我想爸爸多少还是有些担心吧。

"爸，没事的，我不是失恋，我们是和平分手，所以不会郁闷啦，你放心。"

"爸，这我可以做证，前几天姐姐还唱'分手快乐'呢。"

"你做什么证？"姐姐也敲我一下。

讨厌，这一家人都把我的头当什么？木鱼啊？叩、叩、叩……

"之慧，妈妈相信你会处理得很好，好聚好散，当不成情人，还是可以当普通朋友啊。那林书棋呢？也和你一样心平气和吗？现在你和林书棋还会见面吗？"

"他自己都说了'幸好是早早发现两个人的差异，要不然陷得太深了后，想抽离就很困难了。'所以，妈，你别担心。现在我和林书棋虽然不会刻意约着见面，但是校园里遇见了，还是会打招呼，不会避开的。"

"嗯，你和林书棋都是理性的孩子，不错。"爸爸除了点头称赞姐姐外，他连林书棋也一起称赞呢。

温暖的礼物

3

第4章　交往进行式

"二代人"要回来了。

年假里除了回爷爷奶奶家一趟，还有爸爸开车带我们去四重溪玩了几天，剩下的日子，我全得乖乖在家温书。

好日子通常不会很长的。（没听过吗？好景不常在啊。）

有就好，人要知足啊，知足常乐嘛。

不过爸妈也不是不通情理的父母，他们知道我不会像姐姐那样无忧无虑地出去玩，可他们也不会要我一天二十四小时都只是读书。

（没有这种父母吧，不用睡觉吃饭吗？咦？阿美的妈搞不好就是。）

而我也不是超级白痴的女生，虽然不太敢明目张胆地整天赖在计算机前，但空闲时，我还是会上网聊MSN，对此爸妈也就睁一眼闭一眼地装作没看见。

大年初三，真无聊，尤其是吃过午饭之后。

家中两个中年人体力不支，倒卧床上睡午觉去了，姐姐则和她高中好朋友逛大远百货去了，我呢？闲着没事，电视迎新春的特别节目无聊到极点，简直把观众当白痴，我不是白痴，所以不看那种没营养又没趣的节目。

那，做什么好呢？

我体力好得很，不必补眠休息。至于外出嘛，我自己识趣，拒绝了素素逛新掘江的邀约。

　　"小颖，要不要出来？我们要去逛新掘江，拍照片。"

　　手机铃响，当我接起时，素素这么引诱我。她特会拿拍照片来引诱人的，谁教我那么爱拍照，但是……冷冷的天气我不太想动，所以我干脆说：

　　"你们去就好，我不要了。"

　　"拍照呢，你不要？"

　　"就是不要嘛。"每次多拍一些都要花掉我一两百，很心疼呢。

　　"今天人多，大家分摊比较省哦。"

　　咦？素素有超能力啊？怎么知道我脑袋里刚刚闪过的是零用钱消耗太多的问题。

　　这下好像有点吸引力了呢。

　　"有谁？"

　　"胖胖、阿嬷、橙子，加我四个人，如果你来了，就有五人了。"

　　我当然知道加上我就五个人了，这种简单的小学一年级数学，不用素素说，我也会算。

　　本来一听人多均分之后，每个人出的钱就不必太多，这确实让我有点心痒痒的，但是一听素素说出同行的人，我的意愿就减了一半。

　　这几个人呀，我还得想想要不要和他们一起拍呢。这里头除了素素之外，橙子，我是还 OK 啦，勉强接受。

交往进行式

4

chapter

至于阿嬷？拜托，拍在一起会破坏画面呢。胖胖就更不用说了，是唯一的男生还没关系，但他一个人会占掉两个人的空间。

"算了，我还是不要去好了。"

"喂，小颖，你真那个呢。"

"真哪个？"其实我明白素素说我那个是哪个，但我故意装傻。

"好啦，不跟你扯了，不来啊？不来别后悔，拜拜。"

"拜……"

我拜拜两个字都还没完全说完，素素就挂断手机，害我还真有那么一点点后悔哪。

不行，不能沉溺在这种情绪里，要想办法改变现状。

对了，上线玩 MSN，跟一些人聊天，就能转移注意力了。说不定……说不定还能遇见"二代人"呢。想到"二代人"，心里突然泛起一股莫名的情绪，说不上来是什么，就是酸酸甜甜的感觉，大概是……有点情窦初开吧。

事不宜迟。

我以最快的速度开了机，还跑去厨房冲泡一杯三合一咖啡，再把一大包薄饼也拿到房里，准备来个虚拟个人下午茶。最好"二代人"在纽约的计算机前面也喝杯咖啡，吃点甜点，那我们就是空中下午茶之约了。（我这一自我陶醉，竟然忘记"二代人"那儿是半夜了。）

登录 MSN 后，我的天啊，一堆人在线！现在是春节呀，怎么大家都过得这么无趣？

我的联络人大约有四五十个，其中平常常上 MSN 的大概有十几、二十个，可是今天很夸张，居然有三十七个人在线。

这是怎么了？难道除了刚才邀我出去的那几位，其他的全来 MSN 上同乐了？新春大团圆啊？

正当我还在为这特殊情况啧啧称奇时，已经有人 call 我了。又是番石榴。

"小颖，没和橙子去新掘江啊？"显然刚才他也被素素列入同行名单。

"你怎没去？橙子跟你一家亲啊。"

"橙子哪是我家人？这样难怪我追不到小花。"（一个苦脸表情）

"番石榴和橙子都是水果，难道不是一家人？"（我也给他一个眨眼的表情）

"你也帮帮忙，别太天才了。"

"嘻嘻，我就喜欢，不然你要怎样？"

正当我在屏幕这头对着和番石榴的对话笑嘻嘻时，"二代人"也丢来他的讯息。

"新年快乐。"

"恭喜发财，红包拿来。"

现在我的计算机画面上已经有两个框框了，我忙着敲键盘响应左右两边。

"遇上你这个番，我不敢怎的。"

"说我番？你惨了。"

刚给番石榴回完话，"二代人"的讯息也丢过来了。

"红包早就准备好了，开学再拿给你。"（也是一个眨眼表情）

啊？不是吧？我只是随口说说，"二代人"……也太正经了吧。现在我该回什么好呢？真是伤脑筋呢。

我盯着左右两个框框，忽然发觉番石榴的话比较有趣，和他玩MSN比较没负担。

番石榴又送了讯息过来。

"干吗？又要叫你妈来打我呀？来啊，来啊，这次不会傻傻地自动奉上梅子奶绿啦，别想借机再骗我啦。"（一个笑哈哈的表情符号）

喂，番石榴这小子还记得上回的事，那也是他自己那么蠢，隔着计算机，我妈怎么打他？他又何必怕我生气，我又不能对他怎样。

"怎么了？红包在我身上，不会不见了。"

什么嘛，我又不是怕红包不见了，只是不知道要怎么回而已，这"二代人"也太自我为中心了吧。

"小颖，这次我不会再上当了，你尽管不出声吧，我番石榴稳如泰山的。"

笑死人了，番石榴说他稳如泰山，他分明是有点怕怕的，才会看我没送些字过去，就想说我是不是又生气了。

我很想再逗他玩，但是"二代人"也在另一边呼叫，而"二代人"说的话都得费我很多心思去想，逗番石榴的心情多少也受到了影响。

算了，下回再逗番石榴吧。

"我在这边喊破喉咙了，谁说我没出声？"（小生气的表情）

"嘿嘿（嬉笑表情），你尽管叫'破喉咙'，'没有人'会来救你的。嘻嘻。"

番石榴这一句，害我"扑哧"地对着计算机喷出了口水。一坨口水挂在屏幕中间，怪恶心的，我只好空出左手抽张面纸擦掉它。

"破喉咙"和"没有人"的笑点是我们班专有的。刚开始也不知道是谁先说的，反正每一个听过这笑话的人都觉得好笑，也都会再说一遍给没听过的同学听，到最后每个人都听过 N 遍，可是每一回听见的人还都是笑得东倒西歪的。

这笑话是这样的。

一个公主在荒郊野外遇上了歹徒，歹徒抓住公主，公主本能地想呼喊求救。这时歹徒对公主说了："你尽管叫破喉咙吧，没有人会来救你的。"公主听了歹徒这么说，立刻扯开喉咙喊着"破喉咙""破喉咙"，然后"没有人"果真跳出来准备搭救公主了。

番石榴这时能把"破喉咙"和"没有人"运用得这么恰当，真有他的。

哎呀，要敲给番石榴的话，才敲到一半，"二代人"又传讯过来了。

"你怎么了？还在想红包的事啊？早知道就不要先跟你说，开学再给你一个 surprise。"

哦，这个人是怎样？一直讲红包，真不好玩。对嘛，他早知道就别说嘛，又爱说又……

我还是赶快把要敲给番石榴的话先送出去。

"去你的'破喉咙'和'没有人'啦。番石榴，我现在有事，我先离开不和你聊了。"

番石榴回得真快，马上就送来了。

"有啥事？哎呀，'没有人'真来了啊？"

不行，我得先回个给"二代人"，他还等着呢。

"千金难买早知道。"

我这是在说什么啊？哎呀，管他的，情急之下，也只想到这句，"二代人"要怎么想随他好了。

"啥事？本人的私事，不告诉你，拜了。"

"好嘛，拜就拜，你私事了了后再来吧。"

总算可以只对付"二代人"一个人了，感觉比较不像刚刚那样手忙脚乱。

"告诉你，我明天要回去了。"

"二代人"也总算不再绕着红包的话题转，让我大大松了一口气。

"哇，太好了。"不小心就按到鼠标，送出去了这一小段。

"是啊，就要回到学校，可以看到你了，真好。"

啊？我说得太好了其实没别的意思，"二代人"是不是误以为我很……想他？拜托，还没那么快，好不好？

"我是说你这一次的移民监坐完了，很好。"

"都一样啦。"

什么都一样？根本就不一样！这个人真是的，都用自己那一套在想事情。

少了一个番石榴，又来个苹果 call 我了。

我们高二班上水果特多的，番石榴是长得像番石榴，橙子是她爱吃橙子到成痴，苹果则是因为她名字中有个苹字。瞧，我们班多可爱。

"小颖，你爸没带你们出去玩吗？"

苹果问的不是废话吗？如果我们出去玩了，我哪会在线？

"喂，我爸如果带我们出去玩，那现在谁跟你聊天？鬼吗？"

"嘿嘿……"

来这一套，不知怎么回应就"嘿嘿……"，这些人真是的。

"李之颖，开学那天你可不可以晚一点回家？我请你喝 50 岚饮料，我有话跟你说。"

什么？约会吗？"二代人"第一次约我的地点是 50 岚，那第二次会是哪里？管他的，现在哪需要想那么多，现在要想的是，我该回答他什么呢？

不知不觉中，我回给"二代人"的竟也是"嘿嘿……"。

什么？会不会不伦不类呢？我自己看了都感到怪。

"再有两天寒假就没了，真无聊，又要开始上课了，你会转科吗？"苹果真不懂我，丢来这样一句。

"转科？我才没那么无聊去理科，念那些物理化学的东西，会要我的命的。你呢？你想转科啊？"

"二代人"就是选理科，高二分班后当然就不和我同班了。现在，他又送一串字过来。

"反正你爸妈都上班,他们下班前你到家就行了吧？"

唉，"二代人"是想得很仔细，可是他怎么没想到，学校专车准时开,不会为了他要约我而延后开车时间的。

"那我怎么回家？"

"我要读外文，干吗去理科啊？我疯啦？"苹果的志愿很早就定了，不像我还在思考当中。

"我陪你搭公交车回去，不然陪你走回去。"

"欵，苹果，我爸说要出去了，我下线啦，拜。"

"拜。"

我胡乱想个理由跟苹果说拜，苹果匆匆来又匆匆去，现在又回到只需对着"二代人"，双手总算可以放松一下了。

"可以吧？搭公交车或走路？"

神经的"二代人"，虽然我家离学校没有很远，搭公交车只要五站，但如果走路的话，半小时还是跑不到的。

"到时候再说吧，反正是大后天的事嘛。"

开学日，二月十四日。

一早我还傻傻地吃早餐、准备背书包上学，根本没去留意"今天是什么日子"？

早餐餐桌上，爸爸埋头边看报边吃他的火腿三明治，妈妈盯着他看半天了，他还没知没觉。

"今天是什么日子？"妈妈的语气有点赌……（嘿嘿，你一定知道我要讲的是赌什么？但我妈说女孩子不能说那些"粗话"，乱没气质的。）

"书在我房里，妈你要看吗？"

我真天才，竟然马上想到小时候读过的汉声精选儿童图画书中的那本《今天是什么日子》。我还记得书里那个可爱的女孩巧儿，她挖空心思想在爸爸妈妈结婚纪念日时，给妈妈一个很特别很温馨的感受。小时候我也想模仿巧儿，学她在爸爸妈妈的结婚纪念日上来这一套，可是，嘿嘿，我贵人多忘事，早就忘记了。现在妈妈提到"今天是什么日子"，又勾起我想推陈出新也来玩一下这游戏。

"看你个头啦，不懂就不要插嘴，妈是在问爸爸'今天是什么日子'？"姐姐瞪了我一眼，我错了吗？

"是'今天是什么日子'啊？"

"啊？问我什么？"爸爸真是反应慢哪。

"问你什么？问你'今天是什么日子'啦！"妈妈还是很赌……

"今天是什么日子？"爸爸一脸不解，低头看了看他腕上的表后说："2月14日，怎样了吗？"

交往进行式

4

chapter

-69-

"爸，2 月 14 日呢。"姐姐在说什么？这不是废话吗？

"2 月 14 日啊，哦……情人节哦。"

爸爸恍然大悟后，给了妈妈一个亏欠的笑容。

噢，原来是情人节。妈妈为了要爸爸有所表示，居然用这种迂回的方式来提醒，还好老爸算是反应不错的，换成呆头鹅型的男人，看妈妈怎么办？

"啊，情人节呀，爸，今天你带妈妈去吃情人节大餐吧。"我出了主意。

"你别只顾说话，注意你的时间，专车开走了，你就得走路上学啦。"

妈妈居然不领情，还泼我冷水，不过也幸好这桶冷水帮上忙，不然我就苦了。我一看时钟，呀，已经六点五十分了，再不出门，七点到我家这站的专车肯定搭不上。我赶紧把剩下的三明治往嘴里塞，然后抓起书包，口齿不清地说："我走了，拜拜。"

走出家门，想到家里那两个老情人，我不由得嘴角向上弯，笑了起来。（路人不会当我是疯子吧？）

过了一个寒假（其实也才一周没见面），同学们好像有很多话要聊，每节课都闹哄哄的，也不知大家都在 high 什么？

第二节下课我先跑厕所，不然一讲下去，还要再憋一节课呢，憋尿憋久会生病的。小香是我的好友兼厕友，就是上厕所都同行的朋友。

"喂，你们两个小字辈的人，是连体婴啊，走到哪里都黏在一起，感情这么好啊。"长脚迎面走来，拦住我们。

"要你管？"小香和我不约而同地回了长脚。

"套一句班主任的话，管你们是为你们好，不知好歹！"

"长脚你以为你是谁啊？好狗不挡路，闪啦。"

我推了长脚一把，其实是没那闲工夫和他耗，再耗下去我就甭上厕所了，那下一节尿失禁怎么办？正妹尿失禁会变成学校里的最大新闻，说不定还会有哪个"深喉咙"打电话去报社或电视台爆料，那我的人生岂不从此黯淡无光啦！

我和小香念初中时并不同校，可是进了高中后，我们两个就像失散多年相认的姐妹般，随时都黏得紧紧的。我们平常走路就是小手勾小手，去哪里都结伴，上厕所当然更不例外了。唯一没法黏的，就是上下学了。谁教小香家在前镇区，我家却在三民区，学校又偏偏在凤山，害我们没法搭同一班专车上下学。唉，好不容易相认的姐妹，还是得分居两地。

被长脚那一搅和，离上课只剩几分钟了，我只好拉着小香用小跑步的方式直奔 WC。

虽然一边跑一边喘，但我还是问了小香："喂，阿顺，你记得吗？高一同班的那个张安顺啊。"

"记得啊，怎样？他要追你吗？"小香脱口说出的话真是准到极点。

"哇，你钻进我身体当细胞啦，怎么猜得那么准？"

交往进行式

4

chapter

我真诧异，姐姐和我也没有这等相通的心灵。

"不然死党是假的啊？"

"说啦，你怎么看出来的？"

"什么嘛，我只是随便说说，哪知道就中了。"

什么？不是和我有默契啊？害我还以为我们有比手足还要好的灵犀呢。我的表情显然有些失望，不然小香不会说："干吗？这样就郁闷啦？反正我已经猜对不就好了？说，阿顺什么时候说要追你的？他拿出什么诚意了？"

我没说，因为厕所到了，我得赶快先让"水库泄洪"，张安顺的事再等着吧。

当我一切搞定，再挽着小香的手踏出厕所时，乖乖，"二代人"也正从不远处的男生厕所里出来。

"嘿嘿，才刚开始交往就这么有默契，连上1号都会一起出现。"小香贴近我耳朵低低地说着。

我白了小香一眼，"说什么啦。"

然后，我有点害羞地垂下头，因为不好意思直盯着"二代人"看嘛。

"二代人"好像也因为小香在旁边而别扭，我瞄到他对着我笑笑，浅浅地笑着，然后丢下一句："东西我带来了。"

"啊？"一时间我还反应不过来，什么东西带来了？后来才想起是他买的黑丝绒典雅大方的帽子，还有他说的红包。

我一定是脸红了，不然"二代人"和小香不会同时说出："你怎么了？"

我怎么了？我没怎么，只是心里有种甜蜜的感觉。

这就是恋爱的滋味吗？真奇妙。

"没有啦。"

一定又是我的声音、语气泄露了什么，小香和"二代人"才会一起对我笑。

这是我第一次觉得我有必要和小香切割了，能够独立成长应该是令人期待且喜悦的事，不然世界上的连体婴干吗要分割？像忠仁忠义两兄弟因为切割手术，而可以拥有各自的天空，多好。

但这时我还是和小香连在一起的，而且时间也不许我们做什么了，因为上课钟声已经响起，"当当当当……"

"我先回教室了，别忘了放学的事。""二代人"抛下简单一句话，人就走了。

"喂……"我还想说些什么，但是……

"喂什么？阿顺跑掉啦。"

"讨厌。"

"还讨厌，赶快回教室，不然数学老师要是先比我们进去，等一下就得整节站着上课。"

小香这一提醒，我才想起第三节是数学课，数学老师是超级虐待狂。

这一想起，就又不得不抬起后脚跟小跑了。

小跑步已经让人很喘了，没想到小香还抛出问题问我：

"喂，刚刚阿顺说什么东西带来了？"

"哦，那个是……"我支支吾吾。

"哪个？"

"下课再说啦。"

好不容易跑到教室后门，眼看从走廊另一头慢慢走来的数学老师也快接近教室前门了，我只好先丢下这句，赶紧回到自己座位上。

开玩笑，我可不想整节课站着上课呢。

才刚开学，数学老师就像操练阿兵哥一般的操练我们，尤其连着两节数学上下来，都快丢掉半条命了。

直到午餐时，我才有时间和小香说悄悄话，而小香也顾不得吃饭，只想探问"二代人"和我的恋情。

"赶快说啦，阿顺放学要约你去哪里？"

"小声一点啦，你放送机啊？"

"正妹有帅哥追，让别人知道又怎样？"

才刚开始发芽的爱的幼苗，哪经得起小香这样"揠苗助长"（咦？这个成语用得好像怪怪的，不过管它的），不死得很惨才怪。

不行，说什么也不能让小香的魔手伸进我纯真的爱情里。

"你好了啦，再闹，什么都不告诉你啦。"

"好嘛，好嘛，你说吧。"

"先吃饭啦，曾晓香小姐。"

"呵，人家正襟危坐了半天了，你……"

交往进行式

4

chapter

"虎，在深山林内啦，虎？"

可能我这一句声量大了点，旁边正吃着饭的阿俊听见了，又接下另一种说法："虎是在动物园啦，现在台湾的深山林内没有虎。"

"吃你的饭啦，吵什么吵？"小香别过头去喝止阿俊。

"喂，正妹，温柔点，不然没人敢追哦。"阿俊也不服输。

"要你管？哼。"

"好了啦，你们两个都乖啊，吃饭啦。"

我像妈妈一样温柔地安抚小香和阿俊，没想到这两人居然真的乖乖低头吃饭了，真是奇啊，怪啊。

阿俊说温柔点才有人追，那"二代人"会追我，是因为我温柔吗？

脑袋瓜想着这些乱七八糟的东西，嘴巴嚼着鱼菜肉的杂烩，呜吧呜吧地也就很快吃完了午餐。取出面纸擦擦嘴，再把餐具上的油渍擦掉，这样回家洗餐具时才不会恶心。

一看表，剩下五分钟就要午休，不过小香怎么可能放过我？反正早死是死，晚死也是死，那就早死早超生吧。

于是我干脆把小香拉出教室，在走廊上说出我和"二代人"寒假出国前MSN上遇到的经过，以及"二代人"对我做过的表示，最后还把"二代人"说买了一顶帽子要送我的事都说出来，除了红包。

"呵，小颖，你真不够意思呢，这么重要的事寒假里你都没说，算什么连体婴嘛。"小香先是抱怨我一下，然后很快就回复到好奇，"哇，阿顺，也真猛嘛。"

寒假辅导课时之所以没告诉小香，是我根本都还没进入状态，说什么说嘛。反正今天都开口说了，她还想怎样？只不过小香那句"阿顺，也真猛嘛。"真让人纳闷不已。

嗯？这是什么意思啊？小香这话我还真不明白呢。我一脸都是问号，小香当然得回答啦。

"不是吗？才开始交往就知道用礼物打动正妹芳心，真有他的。"

"喂……"害得我很不好意思，羞红了脸。

"喂什么喂？不是吗？"

我耸耸肩，做出我不知道的动作。

下午五点十分敲起第八节下课钟，我背起书包和小香并肩走出教室时，小香故意撞了我的肩，贼笑着说："喂，好好约会啊，我自己走去等专车的地方就好了。"

"喂喂……"可是我想跟小香一起走到搭车的地方啊。

"喂什么喂？人家已经在走廊那头等你了，你眼睛藏在口袋里啊？"小香努了努嘴，告诉我"二代人"早在走廊另一头等着。"去啊，别让阿顺等太久。"

我杵在走廊上，眼睁睁看着我身体的另一半走下楼，不明所以的橙子还出声帮我喊小香："曾晓香，你忘记你的右半边了！"

"我们刚动过切割手术啦。"小香就在楼梯上扯着喉咙叫，真是一点也不淑女。

橙子回过头来用怜悯的眼神看着我，"可怜哦，小颖，你被你的左半边抛弃啦。"

我本来想大声回她："抛弃你个头啦，是本姑娘有重要的事待办。"可是又转念一想，"二代人"就站在不远处，我要是鬼吼，不就破坏了我的淑女形象，那怎么行？

于是我强忍着，只是微笑不语。不过这样的强忍算是违反本性，也就是做作啦。

"怪了，小颖，今天你和小香都吃错药啦？怪怪的哦？算了，不管你们了，我要去赶专车了。"但橙子跑了两步又折回来，"喂，你不去搭车呀？"

"哦，嗯。"我先哦嗯了两声才想到该怎么回答她："我爸叫我等他，今天他来接我，你快去，不然你们冈山线的车要开了。"

这下子橙子冲得比地震来时还要快，她"拜拜"的声音完全消失时，也正是她整个人消失在我视线范围内的时候。

"二代人"慢慢走过来了。

我觉得有点不自在，手脚好像有点僵硬，连笑容也卡住似的。

"喂，阿顺仔，走来这边做什么？"正走出教室的番石榴问他。

"没做什么，喜欢多走一点嘛。"

"哦。"然后番石榴有点无趣地说了声："拜。"

"二代人"倒是很洋化地回了："see you."

接着，"二代人"走近我身边，而我也竟然下意识地跟着迈出脚步，就这样，我们一起走下了楼梯。经过我们身边的都是学校里认识或不认识的同学和学长姐、学弟妹，因此大家都会挥个手，或微笑打招呼，只是他们看向我的表情都有些怪。我本来以为是大家发现了我和"二代人"正在交往，但后来仔细一想才恍然大悟，他们应该是不习惯我的旁边少了一个小香吧。

"二代人"走得慢，我也跟着慢慢走。

从我们上课的北栋楼走到校门口，如果是十万火急的状况应该三分钟就可以到了，但我们却走了十来分钟。不过这样的感觉挺不错，我反而懊悔平常赶集似的走法，错过了许多仔细浏览校园的机会。

出了校门后，不知不觉间走到了 50 岚。50 岚是间绿茶连锁专卖店，名为绿茶专卖店，其实卖的不只是绿茶，其他杂七杂八各式各样的饮品都有。

"你想喝什么？""二代人"还真有风度，懂得尊重女生。

我盯着单子看了半天，"二代人"都已经点好他的焦糖奶茶，我还在犹豫要点多多绿还是柠檬多多。多多绿是绿茶加养乐多，有绿茶的养生也有多多的酵母，对身体都不错；不过，柠檬多多既有柠檬酸又有酵母菌，好像也不赖。两种都加了多多，会有点酸酸甜甜的味

交往进行式

4

chapter

道，正符合我现在的心境。

"还没决定好吗？"

"嗯，不知道要多多绿还是柠檬多多？"

"那就柠檬多多好了。""二代人"帮我做了决定，微微低下头跟50岚里打工的小姐说："再一杯柠檬多多。"

柠檬多多好，酸度多了一点，我喜欢。只是"二代人"帮我做决定这件事，好像有哪里不太对劲……但我还没理出来。

等待饮料调好的时间，"二代人"将他手上一直拿着的纸袋递给我。

"这是我说的帽子，看看喜不喜欢？"

我怯怯地接过手，心里流过一阵甜蜜的感觉，终于懂了姐姐恋爱时的眉开眼笑从何而来。我偷偷从纸袋的缝隙瞄了一眼，里面真的一团黑漆。

"不拿出来看看？"

"不要，人家要回家才看。"

什么？我好像用了"人家"这两字呢，怎么这么奇怪，自然地就将平常向爸妈撒娇的语气用词露出来了呢？

难道这就是恋爱吗？

而"二代人"抿着嘴笑了，他是高兴吗？

第5章　姐姐下魔咒

没想到，"二代人"还真的陪我走路回家。

一路上，我们边喝饮料边说话。我们沿着纵贯铁路的铁轨走着，还在澄清路和正义路间的铁道小公园坐了一下。

"二代人"从他书包里拿出一个红包袋递给我。

"这是给你的红包，你要现在看看，还是回家再看？"有了刚才在50岚的经验，"二代人"马上猜出我可能做出的选择。

"嗯……我回家再看好了。"

这样说着时，我右手掂了掂那个红包，感觉轻飘飘的，好像里头没放任何东西。我满心狐疑，"二代人"该不会也援用了我老爸那一套吧？

但不管是什么，即使是空无一物，我也开心。至少总有他"二代人"的心意吧。

光是这个红包袋，我都觉得异于曾经收过的红包袋，特别值得收藏。

走在下班、下课时满是车潮的正义路上时，"二代人"很绅士地让我走内侧，他则靠着外侧走。我一直都没想到"二代人"并不和我住在同一个方向，直到到了

姐姐下魔咒

5

chapter

我家巷口，我才猛然想起这件事。

"哎呀，你还要走回你家呀，怎么办？"

"不怎么办，就走回去呀，不然也可以搭公交车，你干吗想那么多？"

"我……我是怕你走太多了……"

我是真的不忍心让"二代人"来来去去走那么多路。

"没关系，就当成我在锻炼身体就好啦。好啦，你快回去，不然太晚了会被骂。"

说的也是啊，已经五点五十五分了，说不定妈妈早进门了。

"那……拜拜啦。"

"拜，李之颖……"

"什么？"

"Happy Valentine's Day。"

"啊？"

我这时才记起今天是情人节，此刻一股暖流流进心里，但我却不知该如何回应，只能对着"二代人"浅浅笑着。

就这样，我度过了生平第一个情人节，哇，真是太美妙了。

我开心到几乎是跳着回家的。

打开家里那扇铜门踏进去，咦？客厅暗暗的，难道都还没有人回来吗？

既然如此，早知道我就和"二代人"多聊一下了，也好过回来独对一室的冷清。

唉，千金难买早知道哦。

我开了客厅的灯，再进到自己的房间，然后将"二代人"给的那个纸袋打开，拿出那顶黑丝绒帽子。我对着镜子照了又照，感觉自己顿时成熟许多，还真是美呢。

正当左看右看都觉得不错时，我突然想到外套口袋里还有刚刚"二代人"给我的红包。抽出一看，里面是一张自制西卡纸卡片，上面画了一颗红心，左边写了个I，右边则写着"你"。

哇，好浪漫哦！

我不是笨蛋，当然明白"二代人"说的是什么。

恋爱真是美好，早知道就不那么排斥了，嘻嘻。

突然，"砰"的一声，我家铜门又被唯一会虐待它的人欺负了。

"李之颖，你回来了是不是？"

莫非读理工科系的女生学不来秀气吗？怎么姐姐总是举止粗鲁，连问话也吼得三栋楼都听得到。

"是啦。"怪了，怎么连我自己也提高嗓门回答？我把卡片塞回红包袋，再把它放进抽屉里。

"出来吃饭吧。"

咦？怎么会这样？爸爸妈妈还没回来，姐姐才一进门居然就叫我出去吃饭，哪里来的饭？谁煮的啊？

我晃出了房间，但姐姐却像见了什么外星人似的鬼叫着：

姐姐下魔咒

5

chapter

-83-

“你……你哪来的这顶帽子？”

“这顶？”我指了指头上戴的“二代人”送的帽子。

“对呀，不然还有哪顶？哪来的？”

“人家送的啊，不然还抢来的啊？”

“人家送的？哪个没眼光的，送这么老气的帽子，拜托，给妈戴还差不多。”

“老气？会吗？我刚刚照镜子觉得还不错呢。”

“不错个头啦，你才几岁？戴一顶丝绒帽子，而且还是黑色的，哪个审美观这么差的人，送这样的东西蹧蹋你这么可爱的人啊？你呀，戴上这顶帽子，马上老了十岁以上。”

经姐姐这一说，仿佛这顶帽子真有这般魔力似的，我吓得赶紧取下它，才不想一下子就跳到二十六岁呢！这中间十年的岁月是人生最美好的阶段，要慢慢享受才对呀。

“哦……是那个几代人送的吗？真是的，没眼光。”姐姐突然想起来我提过的事。

“是‘二代人’啦，每次都忘记。”

“又不是我男朋友，我记他干什么？”

姐姐嘟囔了一句，然后坐到餐桌边，掀开饭盒准备吃饭。

“吃饭啦，我帮你买了你爱吃的鸡腿盒饭。”

“只有我们两个人吃吗？爸和妈呢？”

“爸请妈去吃情人节大餐，叫我买盒饭回来喂饱你，要不然我可是也有活动哦。"

"噢，好好哦，情人节大餐？"

我羡慕得要死，也不知哪年的情人节我才能享受。

"噢，好好哦，情人节大餐？"姐姐模仿着我的语调，接着说："去叫你的'二代人'请你啊。"

喂？说不定明年"二代人"就会邀我共度情人节了，嘻嘻。

不过，叫"二代人"请我？

我是很想有机会吃到情人节大餐，但要我去叫人家请我吃，我发神经啊？有一天我也会有这种机会的，会有个男生主动请我吃情人节大餐，虽然不是现在，但我知道终有一天会有的！

什么样的关系才叫情人？

"二代人"和我才刚开始交往，我们这样算情人吗？和我走一段车水马龙的正义路，就算了吗？要不然，到了巷口，"二代人"为什么要说那句"Happy Valentine's Day"啊？

不过，听到有人对你说这么一句，心里还真是甜甜蜜蜜的。

我终于知道为什么那么多人热衷过情人节了。从年轻的到上了年纪的，全都逃不出传播媒体一直炒热的情人节，记忆里爸和妈不曾过过情人节，但今年，他们竟然也一起过情人节了。

那……爸爸会不会也对妈妈说："Happy Valentine's

姐姐下魔咒

5

chapter

-85-

Day"呢？

我躺在床上东想西想，想的这些都不是自己可以得出答案的。很无趣，但我还是百无聊赖地胡思乱想，直到姐姐的歌声飘进了耳朵。

我无法帮你预言　委曲求全有没有用

可是我多么不舍　朋友爱得那么苦痛

爱可以不问对错　至少要喜悦感动

如果他总为别人撑伞　你何苦非为他等在雨中

泡咖啡让你暖手　想挡挡你心口里的风

你却想上街走走　吹吹冷风会清醒得多

你说你不怕分手　只有点遗憾难过

情人节就要来了　剩自己一个

其实爱对了人　情人节每天都过

分手快乐　祝你快乐　你可以找到更好的

不想过冬　厌倦沉重　就飞去热带的岛屿游泳

分手快乐　请你快乐　挥别错的才能和对的相逢

离开旧爱　像坐慢车　看透彻了心就会是晴朗的

没人能把谁的幸福没收

你发誓你会活得有笑容（你自信时候真的美多了）

姐姐叽叽喳喳地唱个不停，但我清楚听到的只有那句："分手快乐／请你快乐／挥别错的才能和对的相逢／离开旧爱／像坐慢车／看透彻了心就会是晴朗的……"。

我觉得，"挥别错的才能和对的相逢"这句歌词很有意思。

不过，什么情形下才会发现正在交往的这个是错的呢？

什么样的情侣，分手的时候会彼此祝福？

为什么新闻报道里常有男女朋友分手时互相伤害的事件？

不是曾经互相欣赏喜欢过吗？缘尽了，难道不愿对方继续快乐？

好奇怪啊……可是姐姐是怎么办到的？她和男朋友分手后，竟然可以平静到我们全家人都没有察觉哪里不对劲。

看来我应该去姐姐那里取经，先修这个分手课程，等有朝一日派上用场时，我才能修成正果。

"叩叩叩"的，我敲了敲姐姐的房门。

"干吗？又要来吵我了啊？"姐姐在房里抱怨着，居然不请我进去，我有这么烦人吗？

哼，她不说请进，我就自动登堂入室吧。

推开姐姐的房门，我很卑贱地踏进去。（有求于人嘛，不能姿态摆太高。）

"姐……"

"什么事？刚刚鸡腿盒饭不够吗？"

"我是猪吗？"

噢，姐姐，拜托你也不要把我想得只和吃有关嘛。

"姐，你和林书棋分手多久了啊？"

"干吗？探人隐私？还是揭人疮疤？"姐姐突然正襟危坐，我还挺不习惯的。

"我像这么恶劣的人吗？我只是看你居然没有分手

阵痛，觉得很不可思议，我……我想来你这里取经啦。"最后那句话，我还是用极尽卑微的口吻说出的。

然而，姐姐却突然像被点了笑穴似的不停狂笑，"呵呵呵……哈哈哈……"

看得我是丈二和尚摸不着头脑，老姐是怎么了？我的问话牵动她的痛处吗？不对啊，如果是说到了她分手的痛点，不应该会狂笑的啊？难道她唱"分手快乐"只是表面上强忍着，其实都压抑在心里？

噢，这样老姐就太可怜了。我真是小混蛋，怎么这么白痴，哪壶不开提哪壶，现在怎么办？

我担心地看着姐姐，但她却还在笑，笑得都岔了气啦。

"姐……姐……你怎么了啦，姐……"

我都已经急得快哭出来了，姐姐还在笑。后来大概是看到我的脸已经快变成一根苦瓜，她才勉强自己慢慢停下笑声。

"喂，小颖，你也帮帮忙，你要来我这里取'精'，我怎么给你啊？"

"怎么不能？"我还傻傻像个二愣子。

"取'精'呢，取'精'呢，你做人工生殖啊？"

到这时我才终于弄懂，神经老姐故意谐音到另一个字，这真是差之毫厘失之千里啊。不过想想真的蛮好笑的，我也忍不住笑了出来。

"姐，你帮帮忙啦，不要故意曲解我的话，我是来你这里学习，好不好，学习你伟大的恋爱经验，分手哲学啦。"

"小颖，你以后想读中文系，是不是？"

"啊？"我都还没决定，姐姐怎么会这么问？她好像是第二次这么说了呢。

"不然你老是咬文嚼字的，做什么？"

"有吗？"我有这样吗？

"我还有爸爸咧，有'妈'？"

我还得愣个两秒，才有足够的智慧去理解姐姐独特的反应。

这时，我不得不相信姐姐常常骄傲地说"读理工科的人头脑都比较好，智慧比较高"这句话，好像还真的是呢。

"姐姐，拜托啦，人家是来学一点技巧，以后才不会慌张嘛。"

"哦，小颖，我就说嘛，你和'二代人'怎么可能长久？"姐姐终于记住他是"二代人"了。

"怎么说？"我真不懂，难道旁观者的姐姐已经从我的言行举止看出什么了吗？

"才刚开始交往，你就想到分手，这样的感情怎么可能迸出什么火花呢？"

"是你上次说只能有两个月的寿命啊。"

"我这么说你就这么信哦？那你太容易受人影响了，这样不好哦。你和'二代人'交往的事，你那个死党小香一定也会想知道一些八卦，所以可能也会给你一些意见，如果你没有自己的主见，人家说啥你就啥，那你还谈什么恋爱啊？"

"可是……不是当局者迷，旁观者清吗？"

姐姐下魔咒 5

chapter

"话是这样说没错，但是很多时候旁观者只是瞎说、瞎起哄，你却被影响了。"

姐姐的话听来也真的蛮有道理，我索性躺在她床上，这样听得才舒服。没想到姐姐说得起劲，大有想将她过去的恋爱功力传授给我的态势，因为她自己也跟着躺下来，我们两个就这样并躺着聊开来。

好久没这样了，真怀念小的时候呢。

念小学时，我跟姐姐睡同一张床，我喜欢听姐姐说她学校的事情，那时巴不得赶快长大，赶快进入初中，好去过那种新鲜事一堆的初中生活。等到自己进了初中，才发现初中生活一点都不好玩，简直是人间地狱啦；但怎么从姐姐口中说出的都是有趣的事，那些混帮派、打架闹事的情节姐姐却从来没说过。

后来我之所以和姐姐各有一间房，是因为我上初一时，姐姐已经高二，她要为高考拼命，但我这初中新鲜人却一天到晚向她问东问西，她被我烦得受不了，才跟爸妈提出要和我分开睡。

现在又再一次和姐姐窝在一起，感觉真好呀。

"姐，你记不记得以前我们都会在睡前说些悄悄话？"

"嗯。"姐姐先应了一声，然后想起什么似的，转过头又捏捏我的鼻头。"还说呢，都是你一直问，问个不停，害我耗掉很多时间，我那时如果没让你缠上，告诉你，我的成绩会更好，说不定就上台、清、交了。"

"不要'抬青椒'啦，人家不敢吃青椒嘛。"我故意气姐姐。

"你欠打哦，李之颖，你明知道我说什么，还故意跟我装傻。"姐姐举起手作势要打我，但我知道她不会真打下去，顶多捏我鼻子和下巴而已。

你看你看，说着说着果然就来了，真捏下去呢。痛啊！

"姐，很痛啊。"

"谁教你老是捣蛋，一副讨打样，让我不想打都不行。"

什么话嘛，这个人！欺负人还一副是我皮痒自找似的。

不过我知道姐姐只是逗我，所以不会跟她计较这些，而且就像妈妈说的，我和姐姐是以这种方式在建立我们姐妹独特的沟通模式。

正是因为姐姐关心我，所以才会听妈妈的话买盒饭回来，而且还买我爱吃的鸡腿盒饭。光从这点来看，我就不介意她常捏我鼻头的事，套一句小时候我告她状时，她说的话："捏一下又不会死。"

对嘛，才捏那么一下而已，又不是清朝十大酷刑，我有什么好计较的。人家我还得感激姐姐呢，至少她是看得起我，才要捏我呀。（我这什么心态？莫非是被虐待狂啊？）

我当然也知道姐姐不会弃我于不顾，所以才敢三番两次来向她取经，是'经'，不是'精'哦。

"姐，你和林书棋交往多久才牵手？"

"多久啊？小颖，你别参考别人。爱情这种东西，因为谈的人不同，个性也有差异，所以不能比照办理的。"

"啊？那这样，人家怎么知道什么时候可以让他牵手？"

"你呀，小傻瓜一个。自然而然就会牵手啦。"

"咦？不然还有人用强的哦？"我侧过身，甚至用

右手支起头，定定地看着姐姐。

"哪没有？有的男生不够理性，有的男生是判断拿捏不准，也有的是女生给错讯息，或者是自己把状况搞得暧昧不明……总之，情况很多，怎么可能跟你说清楚呢？还是得自己慢慢去经历。"

哇，姐姐真是博学多闻，连这些非课程中的知识，她都能说得头头是道。

"姐，你真厉害呢，懂这么多，谈一次恋爱就有这么多功力了吗？"

"你才知道啊。"姐姐小小虚荣一下，接着就又谦虚了，"没有啦，我哪那么神，爱情小说多看几本，演讲多听几回，前辈的经验多吸收一些，再就是自己好好调整自己对爱情的期待啦。"

"姐，那下次你要听演讲，可不可以带我去？"我真的很想赶快充实这方面的知识。

"时间没法配合啦，有时是下午，你还在学校上课，怎么去听？你啊，还是好好用功，等你上了大学，会有很多机会接触到各式各样的演讲,到时候再去听不就得了。"

"啊？还要那么久啊？"

一想到还得等上一年半，真是远水救不了近火，缓不济急嘛。眼前"二代人"和我，真能持续到那么久以后吗？别说姐姐不看好，我自己也没这信心。

好吧，既然演讲目前听不成，看书总可以吧？

"姐，那你都看些什么爱情小说，借我几本看看。"我干脆坐起来，显示我的郑重其事。

"嗯……片山恭一、山本文绪、山田咏美……这些都是日本作家，至于华文作家，那就多了，张曼娟，吴淡如、王文华……纯文学的小说和网络小说又不一样，你一定看过藤井树、痞子蔡的吧？"

"有个叫九把刀的作家，姐，你看过他的书吗？"我想起最近同学传着看的《等一个人咖啡》。

"你怎么知道有个九把刀？"姐姐索性也坐起来了。

"同学都在看啊。"

"那这样你也知道嘛，就是这些书看看，自己再思索一下，你就知道你自己对于爱情的期待是什么了。"

"什么？怎么好像在谈一种学科？"

"爱情是人生很重要也很难修的学科，你不知道吗？"

"不就是两个人互相喜欢，彼此看对眼了，接着就是交往了吗？"

"这只是刚开始，接下去呢？"

"什么接下去？"我不明白，谈恋爱就谈恋爱，交往就交往，感情的东西可以做分解动作吗？

"交往的过程一定会因为两个人个性的差异，引发对同一件事情有不一样的看法，那时该怎么办？为了成就爱情而委曲求全？还是坚持自己不惜反目？还是……"

"还是什么……"

"啊……吓死人啦……"

姐姐和我因为正专注讨论着，根本没注意听爸爸妈妈开门进屋的声音，这会儿妈妈开了姐姐房门还突然冒出这么一句，我和姐姐都吓掉了半条魂。

姐姐和我不停以手拍着前胸，要自己别怕，没想到吓人的老爸和老妈却乐不可支地笑弯了腰，几乎快要瘫

姐姐下魔咒

5

chapter

在地板上了。

"呵呵……我们开门声音很大，还想说你们两个跑哪里去了，敲门也不应，结果你妈只好自动开门啦，谁教你们谈得那么入神。"

我跳下床黏在爸爸身上，"你们好讨厌啊，把人家胆子吓破啦。"

"我看你还好好的嘛。"爸爸拍拍我的鹅蛋脸。

姐姐果然是满二十岁的成年人，比较镇定，仍然坐在她的床上，而且心境很快就从惊吓转换到好奇。

"怎么这么快就回来？妈，老爸怎么安排你们的情人节？"这句是姐姐问的。

妈妈已经笑饱了，她很辛苦地站直身子，倚着姐姐的房门，一脸幸福洋溢的神情说："还好吧，不会很快啦。情人餐吃完后，你爸爸还邀我到爱河边散步呢。"

我看着妈妈陶醉在她的情人节甜蜜中，爸爸则在一旁眉开眼笑地凝视着妈妈，那模样可不输电视上那些把爱挂在嘴上的年轻人呢。

"那么难得才去花前月下浪漫一下，干吗不多待一会儿，忙三火四就回来呢？"姐姐问。

"还不是你爸爸说，他的两个小情人在家，他要赶快回来看看。"妈妈的语气变得有点小小的抱怨。

"爸，你真好。"这次我抱着爸爸肩头，撒娇地磨蹭磨蹭。

"喂，老爸，你该不是不想陪妈妈，找个借口回家的吧？"姐姐却这么说。

"喂，之慧啊，你可别挑拨离间啊，在你妈面前说这些臆测的话，万一你妈真相信你，我今晚的努力不就白费了。"

"爱河整治后风情不同，你难得带妈去，就让妈妈多陶醉一下又怎样？"

"是你妈自己说人潮拥挤，根本都没了情趣，还是回家来得好。"爸爸有点委屈。

"妈，是这样的吗？"我和姐姐一齐问。

妈妈点点头"嗯"了一声。

"妈，你真是的，害得我还误解老爸。"姐姐噘了噘嘴，接着站起来向爸爸鞠躬说声："对不起，老爸，误会你了。"

"爸，你真好呀，我们有你真好。"

"哦，这次我知道了，小武和他外婆藏在 VCD 来过我们家。"

爸爸一说完，我们全家人相视而笑。

真亏爸爸，他也把小武和他外婆记住了，可是爸爸还是没看过《有你真好》这部片，下回有空要租回来陪爸爸再看一遍，我也好再回味一下，顺便骂骂电影刚开始的臭小武，也怜惜一下小武那个驼背又聋哑的外婆。

"咦？小颖，你怎么没在你房里读书，跑来之慧这边在说什么委曲求全……反目……的？"

我妈妈其实是很可爱的，包括她能在话题延伸到很远很远的天际后，又很巧妙地把它绕回原来的部分。像现在就是了。

"啊我……"我一时结巴，不知该从哪里说起才好。

"啊你个头啦，你怎样？"妈妈敲了一下我的头。

“她啊？来我这里预修爱情学分啦。”

“修你个头，认真准备功课，要考大学呢。”又是一下，我的妈呀。

“好啦，今天是情人节，就让小颖轻松一下嘛。”爸爸真是我的好老情人！（这是根据妈妈刚才说的话推演出来的，嘻嘻。）

“你这个当爸爸的就是会宠小孩，都把她宠坏了，整天疯疯癫癫的，将来拿什么去考大学啊？”

妈妈实在太杞人忧天了，还一年多的事，干吗现在先担忧？

咦？那我想了解分手的情形，从某种角度来说，不也是杞人忧天？

这样我不就是龟笑鳖没尾巴了吗？嘻嘻。

“妈，你看小颖这顶黑丝绒帽子。”姐姐晃着“二代人”送的帽子，人也晃进爸妈房里。因为她拿的是我的礼物，我当然也跟进去了。

“哪来的？”看到新帽子，妈妈的眼睛睁得真是大啊。

“她同学送的啊。”

“哦……就寒假说去美国的那个‘二代人’是吧。”妈妈的记忆力真好。

“哇，妈，你还记得啊？”

但我的称赞妈妈却不领情。

“我又不是老人痴呆，怎会不记得？”妈说了这句后，伸手向姐姐要了那顶黑帽子，“来，我看看。”

妈妈说“我看看”，两手却很自然地把帽子往头上一戴，再对着穿衣镜左顾右盼一番，然后开始征询我们的看法。

"你们看，好不好看？"

"嗯，还不错。"我的记忆里，爸爸从来不曾嫌弃过妈妈，凡是妈妈穿的戴的背的提的，每次问爸爸："你看怎么样？"爸爸都是很懂得让他老婆心情愉快地回妈妈一句："好看，当然好看啦，人美穿啥挂啥背啥都美。"

爸爸这一句的后半段一定会用方言来说，我知道他是要强调那个"美"字，哪个女生不想自己"美"呢？

"嗯，妈妈戴起来还真是不错呢，小颖干脆让妈戴好了。"姐姐竟然帮我的礼物做出这种命运的安排，那我呢？

"那是'二代人'送我的呢。"是"二代人"的心意呀。

"你戴起来就不好看啊，放着没有物尽其用多可惜。"姐姐还想说服我。

"好吧，那恭敬不如从命，我就收下了，小颖谢谢你。"妈妈为此还对着我深深一鞠躬，之后又不忘加一句："也替我向'二代人'说谢谢哦。"

哦，先下手为强，还要我去跟"二代人"道谢，我脑袋坏掉了吗？人家"二代人"会怎么想？他送我的礼物，我把它转送给比我多上三十岁的妈妈，他不气昏了才怪。

"可是……"我还想挽救我的帽子。

"可是什么？你不想给我吗？那好吧，还给你好了。"妈妈说着取下帽子递给我，可是看到她盯着帽子的眼神是发亮的，我便知道妈妈真的喜欢这顶帽子。

姐姐下魔咒

5

chapter

"没……没啦。"

我意兴阑珊地拖着脚步想回房间，没想到妈妈急急问我一句：

"小颖，你有没回送什么给'二代人'？"

"没有啊。"我压根没想到回送"二代人"礼物的事。

"礼尚往来，投桃报李，不懂吗？"

"哦，我知道啦。"

我敷衍了事地顺口回了妈妈，这时姐姐从背后拍了我一下。

"怎样了？还舍不得那顶帽子啊？"

"嗯……也不是啦。"我嘴里虽然这么说，但心里确实还有点儿失落。

"你真的喜欢那顶帽子吗？"姐姐正经八百地问我，我反而有点吓到。

"也还好，其实我也没戴帽子的习惯。"这倒是真的。

"那就好了嘛。不过我还是觉得'二代人'和你是不同类型的人，两个月。"

"什么两个月？"

"你们交往大概两个月就吹了。"

两个月？才六十天，我的初恋怎么可能这么短命？尤其"二代人"今天还跟我一起走路回家，还跟我说"Happy Valentine's Day"，还送我一张特别自制的卡片呢。不会吧，不会只有短短两个月而已吧？

我一定要想办法努力维护我的初恋，一定要想办法挣脱姐姐下的"两个月"的魔咒！

姐姐下魔咒

5

chapter

第6章 两性新学习

到底我和"二代人"的交往要从他在 MSN 上说起时就算，还是要从二月十四日他陪我从正义路走回家开始？

我真的不知道呢。

"神经啊，当然是情人节开始嘛。"

隔天一早的早自习前，小香就为我的疑问给出解答。

小香急着想知道昨天"二代人"约我的细节。一早我进教室时，离七点二十分开始的早自习只剩五分钟，但她还是凑过来问我，真让人服了她，也印证了导师常说的话："要充分利用可利用的每分每秒。"

"昨天阿顺请你去哪过情人节啊？"

"情你个头啦。"我拍了小香肩膀一下，抿着嘴娇羞了一会，然后才说："阿顺请我喝 50 岚的柠檬多多，然后陪我走路回家。"

"就这样？"小香一副难以置信的表情。

"就是这样，不然你还要怎样？"

"怎么没请你去吃个大餐呢？"小香歪着头说。

"喂，你以为阿顺是谁啊？他只是个学生，高中学生，OK？"

"那……"

小香原本还想说些什么，但早自习的钟声却在这时响起，她不得不离开我的座位。她看起来一副悻悻然的样子，我却因为她不再跟我挤在一张椅子上而觉得舒服许多。

才刚开学，我们的日子就不好过，早自习都被拿来考试。

唉，真可怜哪。

学校为了拼升学率，铆足了劲苦毒我们。

我虽然选择念文科，但最弱的科目却是历史，而不是文科学生都害怕的数学。

也不知道为什么，看到历史，我就一个头变两个大了。高一下和高二上，妈妈每次接到成绩单，看到我那或是红字或低空掠过的历史成绩，都会再次问我："小颖，你一定要选文科吗？要不要再考虑考虑？"

"不要，我就是要读文科。"

"可是你的历史读成这样，将来你要念什么系呢？"

"妈，你放心，只要不是'你去死'就好了。"我自创了一个笑话。

"什么？你说'我去死'，你好大胆哪。"

"不是啦，妈，是'你去死'啦。"

"你还说，还说'我去死'，你真是向天借胆啊，敢诅咒你老娘我，看我不告诉你爸，叫他好好修理你。"

"妈，不是'你去死'，是'你去死'啦。"

哎哟，我是在说啥，越描越黑了。

两性新学习

6

chapter

妈妈，希望你听懂我的语言哦。

情人节的第二天，也就是 2 月 15 日的早自习，用来考我们高二上的世界文化史，真的是'你去死'啦。

中午午餐时间我才装好饭菜，一屁股坐到椅子上，就见固定和我前座阿俊换位置的小香像瞬间中风似的，不停努着嘴巴要我看教室外——原来是"二代人"来找我。

说实话，刹那间我心头先是涌上一阵甜蜜，但再来就是头痛了。因为番石榴也看到"二代人"，还扯着喉咙鬼叫：

"阿顺仔，要来一起吃饭吗？"

"什么？不要？不要拉倒，番石榴我也不稀罕。"

番石榴说这句话的时候，我看到"二代人"对着番石榴摇手说不，而我正跨出教室走向"二代人"，这时番石榴仿佛像见到了心仪偶像，或是抓住某人小辫子似的，居然站起来拍手起哄：

"哦哦，阿顺仔来探小颖正妹，有企图，有企图。"

"嘿嘿……"

"……"

我实在很想回头去骂番石榴，企图他个头啦。

不过想想，"二代人"的确是来探我的啊。企图就企图嘛，人家"二代人"大大方方，一点也不别扭、不猥琐，那我还遮掩什么？俗话说欲盖弥彰，倒不如大方一点。

"二代人"咧嘴对着教室内那一群人微笑，他还真当自己是 super star 啊。也太大方过头了吧？

　　见我走上前去，"二代人"随即收敛起方才稍嫌夸张的笑容，以浅浅的小露牙齿的微笑方式迎接我。（咦？差别待遇哦。）

　　"这杯柠檬多多让你等一下吃饱饭喝，增加维生素C，也让酵母菌帮助你消化。""二代人"这才将他的手由背后伸到前面来，原来他手上是一杯 50 岚的柠檬多多。

　　好感动哦！

　　有个男生这么贴心地对待，再不知感动，那就是没血没泪的乌贼花枝了。

　　以前听外婆骂亲戚里不懂情义的人时，她都会说："你呀没血没泪的乌贼花枝。"

　　小时候，我都搞不懂外婆为什么要骂人乌贼花枝，而且为什么还要加上没血没泪，这两种海产有什么亲戚关系吗？

　　如果问外婆，外婆都会说："你这人有耳无嘴，你不会用眼去看吗？"

　　但尽管我用眼睛用力看，也用耳朵用力听，还是不懂没血没眼泪和乌贼花枝有啥关系？直到好久好久以后，等我上初中时，听同学说乌贼和花枝是不会流血流泪的海中生物，这才恍然大悟。

　　外婆真奇怪，说就说嘛，也不讲清楚，我哪会知道呢？

　　不过大概也是因为我不是花枝乌贼，所以才不懂外婆高深的说法。

两性新学习

6

chapter

　　"二代人"的温馨举动，虽不至于让我当场感动落泪，但也差不多快了。我的眼眶发热，喉头发紧，心脏快速跳动，但却只能说出"谢谢"两个字。

　　"快进去吃午餐吧，我也要回教室吃饭了。""二代人"还是一贯的绅士风度。

　　"哦。"我虽然哦了一声，可是双脚却没移动。

　　"快啊，快点进去吃午餐，等一下时间不够。我回去了，拜拜。"

　　"二代人"催促我的同时，自己也踏出脚步，往他的教室方向走去。我望着他的背影，这才说出"拜拜"两字，幸好"二代人"还是听见了，他回头对我一笑，再挥个手赶我进教室，我才终于回神，感到肚子饿了。

　　"呵，又是柠檬多多啊，阿顺是投你所好呢，还是他不知变通？"小香批评起"二代人"。

　　"你懂什么？"我这样说小香的同时，心里暗自觉得好笑。关于恋爱这件事，我自己又是懂了多少，连姐姐都对我说："你懂什么？"我又有什么资格这样说小香呢？

　　不过，我倒也慢慢懂了一点点。这么一点点朦朦胧胧、暧昧不明的感觉，就是爱情啦。

　　"嘻嘻……"小香边吃饭边贼兮兮地笑着。

　　"笑什么？"我不喜欢我的死党和我之间也有暧昧。

　　"我在想这个阿顺是不是会天天送一杯 50 岚的柠檬多多。"

　　"啊？"小香你想得也太多了吧？

"小杯也要 30 元呢，哇，阿顺这个投资也太大了。"

"吃饭啦，少在那里发疯，谁说他会每天送，无聊。"

我推着小香低头吃她的饭，自己口里则嚼着糖醋里脊，心里想着"二代人"真的会天天给我来一杯柠檬多多吗？

如果真是这样，他不腻我也会腻了。这种贴心的事偶尔为之是很甜美，但若流于公式化，那就一点也不好玩了。

再说柠檬多多也不是我最爱的饮料，是昨天"二代人"擅自帮我做决定的。

我想"二代人"如果真是双鱼男，会这么不知变通吗？他们不是超级浪漫，会翻新花样的吗？

昨天晚上，姐姐帮我上了一堂"了解双鱼男"的课，她就是这么说的。

"双鱼男非常有同情心，不过有时会到泛滥的地步，嗯……某种程度来说，他们可以说是多情善感的男生。换个角度说，他们是温柔细腻的人，所以会把感情看得很重要，反而不重视金钱，对待女朋友当然就超大方的。而且双鱼男超浪漫，他的生活中只有梦幻，一定要把自己搞得不食人间烟火一般，花样多着呢。看起来你那个"二代人"应该是双鱼座才对。"

我一直跟姐姐强调我根本不知道"二代人"的星座，请她不要妄加揣测，她却仍然一口咬定，"应该就是双鱼没错啦，要不，你看才去美国就给你买顶帽子，

今天又来一杯柠檬多多，明天不知道又会变出什么新花招呢？"

没想到还真让姐姐料到，"二代人"果然今天又来，只不过今天没变花样，仍然是柠檬多多。

哎呀，我会不会C太多了？

看起来姐姐的判断有五分准，该不会"二代人"真是双鱼男吧？找个机会问问他，确定一下。

世界上的事有时还真是巧。

今天下午第二节是体育课，到操场后才发现，"二代人"他们班竟然也是上体育。

老天是刻意让我们多一些机会面对面吗？我感觉有一点别扭，不太自在。尤其还听到"二代人"他们班有人悄悄说着："喂，二班的正妹就那个啦。"显然他们不知道"二代人"和我正在交往，所以才这样对我品头论足，我真担心"二代人"听见了会心里不舒服。

还好这只是体育课刚开始上时的事，过没多久，我就忘记了那几个男生，全心全意打着最爱的球类运动——排球。我只要一玩上排球，连"二代人"都会暂时被我锁进记忆匣子，没了兴趣。

直到下课，我那连体婴小香又黏回来了，但她却开始数落我。

"呵，你的阿顺真可怜呢。"

"怎么说？"

"他一直往我们这边看你，但你只顾着打球，连瞄他一眼也没有，他这样不可怜吗？"

"喂，拜托，我是认真上课呢，哪有剩下的眼睛去看他。"我总得找个理由啊。

"欸，小颖，哪一个人谈恋爱像你这样？你看莲雾他女朋友，几乎每天都来我们班报到，而你……"

说到莲雾，我就觉得他真是得天独厚，长得高高壮壮，皮肤黝黑，一副很健康的样子，说帅劲嘛是有几分，不过说他性格比较合适。他不是因为长相而被称为莲雾，而是因为他家栽种黑珍珠莲雾而得到这个绰号。

听说六班的巧巧在高一和莲雾同班时就喜欢他，然后近水楼台、日积月累的，他们班的同学就把他们两人凑成一对。莲雾这个人有着庄稼人的忠厚，所以也就顺理成章地和巧巧交往到了现在。

不过若是要我像巧巧那样追着男友跑，我才办不到呢。

"小香，亏你还是我的死党，讲这些，巧巧做的事是我李之颖会做的吗？你今天才认识我啊？"

"好啦好啦，不要生气嘛。我的意思是你也要回馈阿顺啊。"

我这才想起妈妈昨晚说过的礼尚往来、投桃报李，可是我真的还没想到该怎么做。

"不想，现在不想。"

我和小香走在校园里，谈着我们想谈的话题。妈妈常说读书时代要用心、真诚地交一些朋友，因为这时候大家都没什么心机，往往是一辈子的知心好友。

现在已经高二下学期了，和小香只剩下高三一年可相处，我应该要好好珍惜……这么一想，心里也开始有点伤感起来。

"喂，你怎么了？都不说话？"

"小香，只剩下一年了。"

"什么东西只剩下一年？"

"我们的高中生活啊，毕业以后真的就各奔前程了呢。"

"哦，小颖啊，你怎么了？什么时候也跟我流行伤春悲秋的了？"小香晃晃我的手，接着又说："说到以后，你想读哪一系？"

讲到未来想选读的科系，我突然想到之前和妈妈的对话，忍不住"扑哧"一声笑了出来。小香睨了我一眼，大有"你很莫名其妙"的意味。

"笑什么？发神经啊？"

我赶快把那一段对话说出来，让小香也笑笑。

"我跟你说哦，小香，有一回我妈看到我的历史成绩，有点担心地问我要不要转到理科，我跟我妈说不要，我就是要读文科。我妈就说：'可是你的历史读成这样，将来你要念什么系呢？'我就跟她说放心，只要不是'你去死'就好了。然后我妈居然大发雷霆，'什么？你说'我去死'，你好大胆哪。'我赶快跟我妈说不是啦，是'你去死'啦……"

我都还没把整个版本说完，小香就已经笑瘫了，还得我扶着她走才行。

"小香怎么了？"从我们身边经过的橙子关心地问。

"没怎么，她是太高兴了。"我随意地回答换来小香一捶。

"曾晓香怎么了？不舒服要去保健室哦，李之颖，送曾晓香去吧。"这是班主任路过时说的话。

"老师，我没有怎样啦。"小香收敛起一点笑意。

"别逞强哦。"班主任虽然慢慢走远了，但还是不忘留下这句话。

"拜托你啦，小颖，亏你想得出这么爆笑的字眼，什么'你去死'，让你去读就好，我可不要哦，我是要读财经系的。"

"你知道吗？我妈气呼呼地对我说：'你真是向天借胆啊，敢诅咒你老娘我，看我不告诉你爸，叫他好好修理你。'我为了要向我妈解释说我不是诅咒她，所以跟她说：'妈，不是'你去死'，是'你去死'啦。'哈，你都不知道，我第一次了解什么是越描越黑。"

"你活该啦，没事创个什么'你去死'出来。"

小香因为我这个笑话而一路笑不停，连进了教室都还在笑。等英文老师进来时，坐在第四排第二个座位的她，还停留在我那有趣的"你去死"里头，丝毫不知大祸已临头。

英文老师盯着小香看了好一会儿，她大概也觉得小香陶醉在自己的世界是一件奇怪的事。

"What's happen？曾晓香。"

两性新学习

6

chapter

"什么？"

面对全班注目的情况，小香也愣住了。

"看你眯着眼笑不停，很陶醉的样子，跟大家分享一下让你高兴的事吧。"

"什么？真要说吗？老师，我们还是上课啦。"小香赶紧求饶。

"这堂是下午第三节课，你们大概都头昏昏、脑钝钝，来个笑话让大家振奋一下又何妨？"英文老师平常就很容易和我们打成一片，她应该也想知道小香为了什么事可以笑得那么开心。

"可以说吗？"小香喃喃自语了一下，还转头看向坐她左侧的我，我趁机瞪了她一眼，谁教她居然为了"你去死"这样无聊的笑话，也可以笑出问题来。

这时，同学中已经有人在起哄了："曾晓香，快说，别蘑菇了！"

"曾晓香，你乌龟啊？"

"说就说，还有什么不可以说吗？"

"哦？原来是和李之颖有关啊，那更该说。"

"……"

"吵死了！"

我霍地从座位上站起来，前面的阿俊还因此吓到，身体稍微小震了一下。其他的同学也被我这一声给吓住了，几个离得比较远的女同学的表情更像见到鬼一样，就连英文老师也愣在讲桌旁。

"老师，让曾晓香说不如我来说，因为这笑话是我说给曾晓香听的，其实应该说是我创造出来的……"

"你创造了什么新笑话，可以让曾晓香笑得那么入迷忘神，现在也跟我们分享吧。"英文老师没被我刚才那一声吓坏，仍旧好性子地轻声细语说着。

"李之颖说啦。"

"小颖正妹快说。"

"小颖，快啦快啦。"

"你们安静啦，这么吵我怎么说？"

咦？我又不是风纪，管什么秩序啊？但说也奇怪，这些人被我这一吼，全都静悄悄了，屏气凝神地准备听我的独门自创笑话。

"笑话是这样开始的，有一回我妈看到我的历史成绩，有点担心地问我要不要转到理科，我跟我妈说不要，我就是要读文科。我妈就说：'可是你的历史读成这样，将来你要念什么系呢？'我就跟我妈说放心，只要不是'你去死'就好了。我妈居然大发雷霆地说：'什么？你说'我去死'，你好大胆哪。'我赶快跟我妈说不是啦，是'你去死'啦……"

真奇怪，我同样才讲到这里，教室里就已经塞满笑声，"呵呵呵……哈哈哈……"此起彼落的，连英文老师都用右手掩着嘴，笑眯了眼。我环顾教室一圈，这群人是怎么了？这么无聊的对话有这么好笑吗？是不是大家平常的生活都太枯燥无趣了？

两性新学习

6

管他的，各人生死各人了。

我等大家笑够了，笑声明显减弱许多之后，才接下去说：

"我妈当然是气呼呼地……"

"啊？还有哦？"

这时痞子痞大嗓门一出口，教室冷到极点，完全没了声音。除了同学们面面相觑外，英文老师也以不可思议的目光盯着痞子痞，当然，我更是用"什么，你要干吗？"的眼神瞪着他。

"没事没事，小颖正妹请继续。"痞子痞识相地做了个"请"的动作。

于是我继续造福全班同学喽。

"我妈气呼呼地对我说：'你真是向天借胆啊，敢诅咒你老娘我，看我不告诉你爸，叫他好好修理你。'我为了要向我妈解释说我不是诅咒她，我说：'妈，不是'你去死'，是'你去死'啦。'呵，不解释还好，这一解释是越描越黑了。"

我的生活笑话说完了便自动坐下去，可是全班同学还是以高八度的音量笑得快将教室墙壁震倒了，连隔壁班老师都走到我们教室门口来探探。他大概以为我们班在老师还没来以前造反了，但又看到英文老师就站在讲台下和我们笑成一团，于是一副搞不清楚又无趣的样子转身回他们班去了。

"李之颖，你大学要念'你去死'哦。"

"呵呵呵，咱大家都去读'你去死'好了。"

"哼，谁要跟你'你去死'？你自己去'你去死'啦。"

咦？怎么大家都要一起"你去死"了？

2 月 15 日下午第三节课，等到老师开始上英文课时，已经过了一半的上课时间了。

嘿，我是不是该去向英文老师说，钟点费得分我一半呢？嘻嘻。

同学们很少上课的情绪像这一节这么 high，几乎是有问必有答，而且热络异常。是笑话让同学们放松了心情，还是"你去死"这谐音的趣味，让大家暂时忘记高中学生升学的压力？

直到下课，人人都微笑着听课，没有打瞌睡的，也没有偷偷吃东西补充体力的。看到这情况，连我自己也渐渐 high 了起来，虽然一个下午连讲两次相同的笑话很无聊，但能贡献小小心力造福大家，突然间觉得自己很重要了。

因为这样的愉快心情，接下去第四节课也延续着欢愉的气氛。

很快就到了放学回家的时间，收拾书包时，教室里有的同学还在回味"你去死"的趣味。

番石榴走过我身边时，拍了我一下。"李之颖，真有你的，人家有歌仔戏、布袋戏，你的偏偏是'你去死'，想象力这么丰富，不去创作太可惜了。"

"要你管？我就要另类创作不行吗？"

"行行，凶巴巴的狮子女。"

番石榴以为他嘟囔在嘴里的这句话我没听到，但他做梦也想不到我的听力超级好。"番石榴，你说什么？你说清楚。"

"我……"番石榴一看我发狠了，他也开始后悔了。这时"二代人"刚好出现在我们班的教室走廊上，眼尖的番石榴一看，仿佛看到救兵似的，故意快快转移了话题。"喂，小颖正妹，阿顺仔来探你啦，记得要淑女一点哦。"

我抬眼一看走廊上"二代人"的身影，这下才想起得把对番石榴发飙的情绪全收起来，不过不知这样会不会得内伤哦？

番石榴趁此机会溜之大吉，不知死活的他临走还抛下一句话。

"泼辣的小颖拜拜，阿顺仔，狮子女，我怕怕。"

呵，番石榴你惨了，明天看我不将你卸成八块，我李之颖就不是狮子女！

咦？"二代人"居然没受影响，仍旧绅士地笑着。我的天啊，风度也太好了吧？人家是说你女朋友呢，你怎么可以都没气？要不是你又无预警地跑来，我怎么会失去教训番石榴的好时机，"二代人"，你真讨厌呢。

我真的讨厌"二代人"吗？

可我还是笔直地走向等在走廊上的他。

我默默看着"二代人"，他是怎么了，对我一日不见如隔三秋吗？可是我怎么还没有这样的感觉？

还是他走出了兴趣，想每天都陪我走路回家？

不过，我才不会主动开口问这事呢，即使是，也得"二代人"自己讲啊。

"喂，要不要再一起走路回家？"

"二代人"是主动开口了，还真的是想陪我走回家呢，但他说的不是"我想陪你走路回家"这样温柔的话。真扫兴，当然也激不起我的兴致啦。

另外，也是我没走出趣味来，一趟路少说要走上三十分钟，还得忍受正义路上如潮水般汹涌的汽车，和它们所排放的废气，有趣才怪呢。

我摇摇头，说了稍微违心但却是男生喜欢听的话："这样你来来回回的，等你回到家就太晚了，还是不要好了。"

"不会太晚，我顺便运动嘛。""二代人"的眼睛仿佛在笑。

"我想还是不要好了。"

"真的不要吗？"

"不要吧。"

就在这种反反复复询问的对话下，我和"二代人"走过了校园，和我同住三民区、搭同班专车的高一同学薛靖在专车那头对我挥手大喊：

"李之颖，快啊，车快开了哦。"

"哦。"我对着薛靖回应一声，再转头对"二代人"

说："薛靖在喊我了，今天我还是搭车好了。"

"也好。""二代人"这么回答时，我看不出他的情绪如何，好像和我走路回家是可做可不做的事，那他干吗问呢？

"那我走了哦。拜。"我挥挥手，真没办法带走啥云彩。

"李之颖快啦。"薛靖扯着她的喉咙尖叫。

看着专车已经发动引擎，我马上拔腿飞奔，只听见"二代人"在身后抛来一句："我晚上八点上 MSN，我等你，小颖！"

咦？"二代人"喊我小颖，不一样呢。以前他总是连名带姓地喊我，连在MSN上也是，怎么今天不一样了？

但我没有时间细想这个问题，因为等我气喘吁吁地跑上专车时，司机先生马上"扑"一声地就启动出发。我站都还没站好，差一点摔个四脚朝天，幸好薛靖手疾眼快地拉住我。

接下来少不得是我跟她道谢，然后就一路聊了起来。

"呵，都已经是开车的时间了，你还和阿顺慢慢走，再慢一点你又会像昨天一样搭不到车了。"

"昨天？"我昨天哪有搭不上车，是本来就没有要搭专车的啊。

"是啊，昨天你放学时不是没搭到车吗？"薛靖很认真地说。

"哦，是啊。"我简单地应了一声。

晚餐过后，我想尽办法躲进房里用计算机。"二代人"说他八点会上线，我就上线和他聊好了。

姐姐还没开学，事比较少，也就赖在家里。当她看够了电视要回房间时，顺手推开我的房门，发现我还在MSN上聊，居然想进来当spy。

"呵，又在MSN上聊天了哦，小心等下爸妈散步回来，我告诉他们。"

"姐，拜托啦，我们才刚开学，用一下又不会怎样。"我向姐姐求情。

"我看看，是不是和"二代人"啦？"

姐姐说着就要把她那双有近视的眼睛贴到屏幕上，我赶紧用我的左手盖住画面，再用右手施展神功将姐姐往后推。

"我就知道，有鬼。"

"有什么鬼？"

"一定是说些什么肉麻、有趣的东西，要不然为什么不可以看？"

"哪有？"我尴尬地笑着说出这两个字，真是此地无银三百两，李之颖啊，你真猪头呢。

"笑了哦，这么明显，还说没有，我看一下嘛。"

姐姐真烦人。

再不把她请出我房间，我怎么和"二代人"聊？

说到"二代人"，他铁定在计算机那头伤透脑筋了。

好吧，谁怕谁？要耍赖，就看谁出的招数狠？

两性新学习

6

"好吧，我给你看，不过以后你和你男朋友的，我也要看，交换嘛。"

"什么？"姐姐想不到我会这么说，震惊了一下，然后悻悻然地说道："算了，不看就不看，你们这些小鬼头，还不是那些没营养、没内容的东西。不管你了，你慢慢享用、慢慢陶醉吧。"

哈哈，这一招够猛吧。

姐姐只好摸摸鼻子，无趣地回她房间去了。

我也终于能回到MSN上和"二代人"的对话。

屏幕的对话框里，"二代人"早已经丢过来一堆句子了。

"这个星期六我们去看电影好不好？"

"你怎么不回答？"后面附加一个疑惑的表情。

"怎么了？你不喜欢吗？"

"不喜欢就算了，为什么不回答？"

"别生气啦。"句末还加上一个转眼珠子的符号，一副无辜样。

我赶紧敲键盘响应他。

"刚才我姐进来。"

趁"二代人"还没再送文字过来前，我又敲了一句过去。

"看哪一部？"

"哦，我还以为你生气了。"

"你想看哪一部？"

"二代人"打字速度还挺快的，连敲两句。

说到看哪一部，我就得慢慢想了。

"不知道有什么片……"

我这句都还没打完，房门就又被推开，什么？是我老妈。

"又在 MSN 了？别玩太久啊。"

咦？妈妈只说了这么一句，就放我一马了？害我还小小惊吓了片刻。

"我上华纳威秀网站看看，你等一下。"

还好刚刚那句虽然没敲完，但我有把它送出去，让"二代人"也有事可忙，我就暂时喘口气吧。

"小颖，计算机关了没？赶快读书哦。"妈妈的声音穿墙而来。

啊？不是对我大发慈悲，原来妈妈说的别玩太久，是这个意思。

唉，我看我还是乖乖下线，免得等一下姐姐又加油添醋地参我一本，让我吃不完兜着走。

于是我在"二代人"还没响应他查电影的结果前，先送出准备离线的讯息。

"再想想好了，我妈在盯我了，我先下线，明天学校再说，不然你发短信给我也可以，拜。"

关了计算机，虽然暂时停止了和"二代人"的互动，但实际上，我的心思还回荡在刚才的对话里。

第 7 章　爸爸的看衰

"来吃水果啦。"

妈妈在客厅喊着我们去吃水果，我巴不得可以趁机暂时离开书桌。

"真好，是我爱吃的富含维生素 C 的泰国番石榴，妈妈，你真好，都买我爱吃的。"

看着客厅桌上那盘切好的绿皮白肉的番石榴，我的心情瞬间 high 了起来，要拿叉子之前，就先拍妈妈一个马屁。

谁知，我这个马屁没拍好，拍到马尾上，马尾一甩，我就躲不掉被扫到了。

"你啊，不要只有一张会灌你老妈迷汤的小嘴，要乖乖用功知道吗？"

"知道啦。"我的话和姐姐的话重叠在一起，姐姐说："她那叫小嘴吗？妈，你也太看得起小颖了，那我这岂不是樱桃小口啦？"

"拜托，姐，你要笑死人哪，照照镜子看看，你那叫血盆大口。"我的语气里有着几分讥讽。

姐姐也不是省油的灯，她当然不会善罢甘休的。

"李之颖，你给我记住，以后不必来我这里取经了，我跟你划清界限。"

"取经？"我重复了一遍，姐姐却"扑"一声把口里的番石榴喷得到处都是，连爸爸冒出几根白发的头顶都停着一颗番石榴籽。

"之慧，你干吗？你看看，喷得满地都是，还喷到你爸爸头上去了。去拿抹布来擦。"妈妈瞪了姐姐一眼，说了她几句后，就忙着帮老爸处理他头上那颗番石榴籽，好像不赶快处理的话，明年爸爸头上就会长出番石榴似的。

姐姐一边跪在地上擦地板，一边兀自咯咯笑个不停。

"之慧啊，你干吗躲着偷笑？说出来大家一起笑嘛。"爸爸大概太苦闷了，也想笑一笑。

姐姐停下了擦地的动作，坐在地板看着沙发上的我们。"还不是小颖？"

"我？我怎么了？"莫名其妙，我乖乖地吃我的番石榴，又没去碍到她，怎么说是我了呢？

"小颖？小颖怎么了？"想来爸妈也跟我一样想法，才会异口同声支持我。

"就昨天嘛，你不是叫我买盒饭回来和小颖一起吃，然后她就到我房间说要取经……"

"是啊，取经啊，有什么不对吗？玄奘西去取经没错啊？"

爸爸喃喃自语着，妈妈频频点头赞同，而我已经听出姐姐的弦外之音，所以也忍不住想笑出来。我赶紧用

手捂住我的樱桃小嘴，免得像姐姐一样把番石榴喷得到
处都是。

爸妈以莫名其妙的眼神看着我，但我才不想跳出来
解释呢，让那个原创者自己去说明好了。

"我跟小颖说：'你还取'精'呢，做人工生殖啊？'"
姐姐边说边站起身来。

"啊？"

爸爸妈妈大致上是脑筋有点跟不上时代的人，他们
愣了半晌，才有所领悟地哈哈大笑。

"你们这些七年级的，都流行这些什么鬼东西啊？"
妈妈说了这句，顺便再瞪姐姐一眼。

"啊，亏你想得出来这样的谐音字，之慧你啊……"
这是爸爸说的。

"谁教小颖说要取经？"姐姐辩驳。

"是你硬要说成这样的呀，我只是单纯想向你请
教，所以客气地说'取经'，偏偏你要把它说成'取
精'，我有什么办法？"我辩解得更多。

"小颖，你说说，你要向姐姐取什么经？"爸爸问
出口之后，好像也觉得怪怪的，抿紧嘴笑了一下。

看来以后"取经"这个字在我们家会很敏感了。

"没有啦。"我想打哈哈混过去。

"她啊？她想问些恋爱招数和分手秘诀啦。"姐姐嘴
里咬着番石榴，还咿咿呀呀地说着，也不怕被番石榴噎
着了。

姐姐一将我的秘密揭露，爸妈仿佛见到大怪兽似的目瞪口呆，害我一时间也窘得不知如何是好，只能低头猛啃番石榴。

虽然爸妈已经算是他们这个时代中不摆长辈派头的新式父母，但这是我刚刚萌芽的爱情，要摊在大家眼前开诚布公，还是会害臊的呢。

而且，我更担心爸爸会趁机来一场精神训话，我最不喜欢在吃东西的时候听"经"啦，那会让人消化不良呢。

果然！

爸爸果然说话了。

"小颖，爸爸我还是要再重申一次，基本上我和你妈都不反对你交朋友，不过在高二高三这节骨眼上，你自己还是要衡量一下轻重缓急。有些事缓不得，有些事却是可以缓一缓的；而有的事错过了，就很难再回到最初的心情。所以你自己要用你的脑袋多想想，什么事是不能在此时此刻错过的。"

我当然明白爸爸的意思，读书考大学是我现在最重要的功课，但恋爱不是。

爸爸说的"有的事错过了，很难再回到最初的心情"，这我也相信。

可是，爱情，不也是这样吗？如果错过十七岁的爱情，等我三十岁时想回头寻找，心情也绝不可能会是现在这样的。

虽然我心里这么想，但没开口发表看法。我想爸妈绝对像《镜花缘》里的"果然"一样至情至性，尤其我是他们的宝贝女儿，他们是以爱护我的心情为出发点，这一点我完全明白。所以，纵使我有不同于他们的看法，也不愿意在这时候说出，那会伤了他们的。

"小颖，爸爸说的你到底有没有在听？"妈妈显然对我的默不出声有些意见。

"有啦，我听进去了。"我的回答其实有虚应的嫌疑。

"听见了就要用头脑想一想，什么事是现在必须做的，什么是可有可无的。"

妈妈这话说得更明白了。

那就是读书考大学的事不能不做，至于谈恋爱的事，可以先放到一边去。

我以点头代替回答，这样比较不会因为用字的关系引来爸妈不必要的说教。但这时姐姐突然打破暂时的沉默，她说：

"小颖的那个'二代人'，昨天送小颖回来，还请她喝一杯他们学校对面50岚的柠檬多多呢。"

噢，我就说嘛，千万别把秘密说出来，然后叫听的人不要说出去，那是不可能的，这种情形到最后会变成全天下人都知道你的秘密。

这个道理也告诉了我们，如果你有事想让全天下人都知道，那你就告诉一个人，而且要很神秘地跟他说这是你的秘密，这样保证很快大家就都知道了。

不过，我要先声明，我可没有像说秘密那样告诉姐姐。

爸爸的看衰 7

chapter

　　柠檬多多是姐姐看到，然后问我的，我当然就从"二代人"陪我走正义路回家开始说起。现在看来，没有把"二代人"给我红包，红包里有一张背面画着一颗心的事告诉姐姐，是明智之举。

　　爸爸关心的焦点不在我喝了人家送的柠檬多多，而是在我走在下班时交通混乱的路段上。

　　"小颖，你们走哪里？正义路，还是澄清路的路桥？但是不管是哪一边车辆都很多，很危险呢，你的小命不要啦？"这段话，爸爸是正襟危坐地说出口。

　　"不会啦，爸，我都有在注意啦。"

　　"不是你有注意就不会发生事情，有些时候是别人不注意所造成的状况，那你怎么料得到？你就搭专车嘛，去告诉那个什么人……"

　　"爸，'二代人'啦。"姐姐真是多嘴婆。

　　"对，告诉'二代人'，有话就在学校说，不然就打电话说，别约我女儿在交通混乱的大马路上说，跟他说爸爸说那样很危险，知道吗？"

　　"哦。"

　　"哦什么哦？你爸爸说的你听清楚了没？"妈妈非得再次强调不可。

　　"清楚了。妈，你真烦呢。"

　　我心不在焉地加了后面那句，自讨苦吃地换来妈妈一记手捶，哎哟，我可怜的状元头。

　　"什么我很烦？我是为你好呢，不然我怎么不去对曾晓香说这些？”

“好啦好啦，妈妈对我最好了，对不起啦。”

“这才像话。”

但我在沙发上坐立难安，主要是担心爸爸妈妈会继续进行亲情教育。我是很有个人看法的狮子座，所以不太喜欢过于婆婆妈妈的琐碎叮咛，大原则大方向我不会弄错，这点我很确信。

“小颖，说说你对那个……‘二代人’的看法。”

爸爸突然出声，可是怎么是问这个呢？

对“二代人”的看法？我还真没看法呢，要我怎么说嘛。爸爸虽然不是在说教，但也出了个难题给我。

“对嘛，小颖，说说看，那个‘二代人’长怎样？胖的？瘦的？高的？矮的？啥德行？”

姐姐真爱瞎搅和，害我想啃完手上这片番石榴就闪人进房间，但这下看来不可能了。

我都还没开口，妈妈就擅自加上一个做答选项。

“还有还有……‘二代人’的功课怎样？”

天哪，这样算不算被盘诘查问？我是犯人吗？

这样说其实对不起爸妈和姐姐，他们只是关心我，对我的事情有兴趣，或者也可以说是每个人都有窥探别人隐私的好奇心，也就是都喜欢八卦啦。

“说啊，小颖。”爸爸超没耐性的。

“哦，好啦。‘二代人’嘛，他长得不胖不瘦不高不矮……”

爸爸的看衰

"喂，什么叫作不胖不瘦不高不矮？你故意的吗？"

我不知道姐姐有什么不满意？

"妈……是姐姐干扰我说话。"

"之慧，你别打岔，让小颖好好说嘛。"

怪啦，今天我伟大的爸妈竟然没有催着我快吃完，好快进去当苦读的书生；而我更怪了，我竟然在心里盼着爸妈赶快催我进房间去。

呵呵，果然凡事总有例外的时候。

"'二代人'啊？平常酷酷的，不会像其他男生那样爱调侃开玩笑，嗯，他的成绩不错。德行？就是这副德行了。"

"啊，这是什么介绍嘛，真烂，有介绍跟没介绍一样。"

爸妈没说什么，倒是姐姐意见忒多地说了一堆。

"拜托，姐，'二代人'虽然高一和我同班，但是我跟他一点都不熟，他也不过寒假开始说要和我做朋友，开学也才两天，两天，我能有多少认识呢？"

"说的也是。小颖，那你觉得这两天你和'二代人'的互动，感觉怎样？"

呃？互动？昨天和今天两天，其实跟"二代人"的接触也不多，不过倒是一起走了一大段路，至于说到感觉嘛……

"爸，说实话，就像平常和男生相处那样，没什么特别的感觉呀。"

我是没说出看到后面画着爱心的卡片时的甜蜜心

情，但同样也没说出"二代人"帮我决定买柠檬多多时小小异样的心情。如果当时我有说出这两件事，不知道爸爸还会不会得出接下来的论点。

"看起来，小颖和'二代人'要撞出什么大火花并不容易哦。"爸爸这么说，脸上挂着一丝丝如释重负的神情。

"那……爸，你看能维持多久？"

我一时兴起，问起爸爸这个我很在意的问题。谁不想曾经拥有后，也能够天长地久？

"顶多两个月。"爸爸毫不迟疑地回答。

"啊？只有两个月啊。"好失望啊。

"我早就说了嘛，两个月。"姐姐又多嘴了，而且还不只一句，"老爸，咱们英雄所见略同。"

"谁跟你是英雄所见略同？"爸爸敲了下姐姐的头。

"哎哟。"姐姐哀叫着护着她的头，生怕再挨一下似的。

可是我不明白。

为什么我的清纯初恋会被大家看坏呢？

只有姐姐一个人的话，我当她是胡说八道；但爸爸可是见闻广博的大人呢，可信程度当然大幅提高了。

虽然向来人家都说姜是老的辣，而且爸爸的判断也一向都十分精准，但我的心里仍抱持着某一程度的怀疑，难道我青春年华的恋情，真会在一开始就注定短命吗？

接下来的周三、周四、周五，每天我都有一杯柠檬

爸爸的看衰 **7**

多多可以喝。我的妈呀，我敢肯定地说，"二代人"绝对不是双鱼男，未免也太不浪漫了吧？

连着五天喝柠檬多多，就算没有胃酸过多，也让柠檬酸酸到脸上了。

其实第四天中午接过"二代人"送到教室的柠檬多多时，我就已经倒了一点胃口了。本来我想把那杯柠檬多多转请小香喝，可是小香说什么都不肯。

"喂，小颖，那是阿顺爱的表现呢，我接受的话，那我算什么？"

"小香，别想那么多，他请我喝就是我的了，是我的，我就有权利转送出去啊。"

"你别害我，我还怕喝了肚子痛呢。"

"真的不帮忙？不看在我喝了三天的份上救我一次？"

"请恕我难以答应啊。"小香还抱着双拳，活像在唱苓剧。

"亏你还是我的连体婴，唉。"我叹了一口气，"算了，我还是继续受柠檬荼毒吧。"

那一杯我喝得很勉强。爱情是不是也得在某些时候、某些方面勉强自己配合对方？可是那不就太累了？这样的爱情还会有快乐可言吗？

"不想喝就丢掉嘛。"小香如此建议。

"太可惜了。'一粥一饭，当思来之不易；半丝半缕，恒念物力维艰。'你忘了朱子家训？"我还顺手敲了小香一下，像我爸妈敲我一样。

"哇，小颖，你背那么熟干吗，要念中文系吗？"小香忘了我自创的笑话。

"要念'你去死'啦。"我顺口提醒她。

"呵呵呵……"

"喂，记得捂着嘴，小心天女散菜啊。"

我不说还好，一说小香笑得更起劲，一只手不够捂，还得两只手一起捂呢。往旁边一看，妈妈呀，连我左边的刘真真也跟着捂嘴笑开。真是的，这些人，这笑话真的有这么好笑吗？

周四的柠檬多多我没喝完，只好带回家。

我本来想让"二代人"看看我消化不了他的"盛情"，顺便问清楚他的星座，好让姐姐再重新判断。可是说也奇怪，那天我在走廊上等他来陪我走到专车搭车处，他却没来，这也代表很不幸的，我失去当面跟他说柠檬多多我喝怕了的机会。

本来我还想星期四晚上在 MSN 上遇见"二代人"，但我抽空上了线后，却没见到"二代人"的身影，反而遇到番石榴、苹果和橙子。

哇，是水果大集合啊？

我来来去去东看西看，在网络上等了三十分钟还是没看到"二代人"，于是想先下线了，没想到这念头刚冒出没多久，水果家的那三位竟像约好似的陆续上线。橙子先登入，一看见我在线，她马上丢来一个笑脸。我知道她想和我聊，所以简单地敲下"做啥"两个字就送

出去了。

简洁回复后，我和橙子开始聊起来。

"小颖，听说阿顺在追你？"

"你哪听来的八卦？"

"不是吗？那干吗每天一杯50岚柠檬多多？"

"他和50岚老板结拜啦。"

"真的啊？"

我胡扯的橙子居然也相信，真是天真可爱哟。

"那你有没有和 50 岚老板结拜，不然怎么都是你喝？牵个线也让我去和老板结拜吧。"

哇，橙子不但当真，还想搭个顺风车呢。

扯得太离谱了，不行，我得赶快老实说，好让橙子这个单纯女孩搞清楚状况。

"喂，我随便胡扯你也信，橙子你也太好拐了吧。没有谁和50岚老板认识啦。"

"可是刚刚你说……"后面出现了一个疑问的表情符号。

"骗你的啦。"

"死小颖，小心你鼻子变长。"

"我又不是小木偶。"

橙子这一说，害我下意识地摸了摸鼻子。有变长吗？童话故事说的能当真吗？不过，我的鼻子被我们一家人捏来捏去，不长也会变长，但是和说谎无关哦，我是不说谎的。

橙子隔了几分钟才再敲过来一句，我猜想一定是她另外和别人在聊天。

我的猜测还真神准。

橙子丢来番石榴和她聊天的一句。

"番石榴说阿顺是在追你没错啦。"

"哦，你们这些人在我背后八卦我的事，皮痒了哦？"

一听见番石榴在橙子面前搬弄是非，我好面子的本性随即显露，怎么能让番石榴这个丑男多上一副长舌，那不就丑毙了？

"番石榴仔，你说我坏话我听见了。"这可是我有史以来第一次主动call人家的哦，居然是番石榴雀屏中选。

"小颖正妹，你用哪只耳朵听到了？"

我还在敲要给番石榴的话，橙子早一步送过来一段。

"小颖，好羡慕你咧，每天都有爱心柠檬多多可以喝，哇，养颜美容。"

我终于见识到八卦扩散的速度和广度了。橙子妹很快被人蛊惑了，这我得想办法，但首先还是把骂番石榴的这一段丢出去。

"我只听说过长舌妇，还没见识过长舌男，今天终于看到了，竟然是番石榴上头长出恶心的烂舌头。"顺便加一个生气的表情符号！

"橙子，你可别落入烂番石榴的陷阱，人云亦云，免费帮他放送。"

呵，一个番石榴和一颗橙子已经够让人双手打结、

爸爸的看衰

焦头烂额了，没想到偏偏又来颗苹果。

"小颖，真难得，我们空中相会了。"

"嘿嘿，苹果好。"

一次要照顾三个小框框，我只能简单扼要地表达了。

如果可以的话，还真想把他们三个就像静物画那样，框进框架里去。

"小颖，电话，初中同学。"妈妈开了我的门告诉我有电话。看我屏幕上有三个框框，她再笨也知道我正在 MSN 上聊，于是顺口多念了一句："又在 MSN？"

"好啦，好啦，我下线就是了。"

反正要去客厅接电话，我也不敢确定这一接会多久，让那三颗水果等在那儿也不是办法，所以我分别给他们三个送去了一句话。

"橙子营养多，才是美容圣品啦，我要去接电话，拜。"

"我要去接电话，拜了，无缘的苹果。"

"死番石榴，我不想理你，要去理打电话来的人了，拜拜。"

因为这样，所以可怜的我，星期五拿到了第五杯柠檬多多。

"二代人"还是在午餐前送来，我真是觉得奇怪，他不会吃过饭后再买，要不然放学回家时再去买，不是也可以吗？再说，他不能换个花样吗？

"喂，你的阿顺仔来了。"小香用她的手肘撞了我一下。

我睨了她一眼，什么时候她也跟男生一起喊"阿顺仔"，还"我的"阿顺仔，真是欠瞪。我又狠狠看了她一眼，小香居然一副"本来就是这样啊！"的表情。

哼，真是气死我了。

我老大不高兴地晃出教室，但我在不高兴什么？我知道我不喜欢"二代人"天天来，尤其是天天一杯柠檬多多，这简直太……让人受不了了。

"嗯。"

"二代人"只从鼻孔哼出一声，就把柠檬多多往前递给我。我迟疑着要不要收下这杯已经让我有点反胃的柠檬多多。

"怎么了？不喜欢？""二代人"轻轻问我。

我摇摇头，不是不喜欢，根本是怕了，但是要怎么说呢？

"你天天花钱买给我，不好吧。"咦？我干吗假贤惠呢？

"还好啦。"

"以后不要再买了。"

"为什么？"

哦？还问为什么，"二代人"你也太不上道了吧。

"好吧，你什么时候想喝柠檬多多时再告诉我。"

呼，终于从柠檬多多地狱中解脱了！

什么时候想再喝柠檬多多？大概要很久很久，我恢复免疫力之后吧。当然这句话我没说出口，"二代人"永远不会知道我不想喝柠檬多多的原因。

等"二代人"准备走回他们教室时，我这才想起一

爸爸的看衰

7

直想问他是什么星座的事。

"喂，'二代人'……"我追着他后头小跑一下。

"什么事？"

"没有啦，突然想知道你的星座啦。"什么时候我变得这么忸怩了啊？我直到今天才知道，天哪，这真的是我吗？

"我的星座？做什么？"

"没做什么啦。"还能做什么？你也不必搞神秘吧。"怎么？不能让我知道吗？"

"不是啦。我，牡羊座。"

"什么？"

"怎么了？"

"没没……啊，你赶快回去吃饭吧，不然时间不够哦。拜。"这话怎换成我说了？

"拜。""二代人"这一声拜说得不情不愿似的。

我走回教室时想着，"二代人"居然和我同样是火象星座，这太扯了吧？不过这也印证了我的直觉，他不是姐姐说的双鱼座。

哈，姐姐这次看走眼了吧！

今天回去可要好好糗糗姐姐，嘻嘻。

我的爸爸是神经大条的射手座，搭上金牛座的妈妈，好像满速配的。就五行来说，火生土，所以爸妈是相生而非相克的，难怪会那么志同道合，连除夕红包都一致给礼不给钱。

这样看起来，我和"二代人"想把初恋这出戏唱好，好像还真的有点难。

同是火象星座的我们，可能相处时会常常燃起一把火哟。

看来我还是得向姐姐这位星座专家请教请教了。

于是我敲了敲姐姐的房门。

"请进。"

咦？今天姐姐这么礼貌，难不成她以为又是老爸要来发零用钱给她？

"姐……我来……"

"怎么又是你？你很爱来我房间哦。"

"无事不登三宝殿嘛。嘻嘻。"

"少在那里装无辜。说，什么事？"

姐姐真不愧和我一样是狮子座，喜欢简洁明快的风格，拖拖拉拉一直是我们无法忍受的。咦？我和姐姐不也同是火象星座？不过我们是同星座的。

"姐，你猜'二代人'是什么星座？"

"我不是说他是双鱼座吗？"

"哈哈，这次你马失前蹄了。"

"错了？难道他不是双鱼男？"

"哼哼，不是，不是。"我的右手食指在她眼前摆了摆。

"哪可能？他看起来那么浪漫。"

"浪漫个屁啦，双鱼男应该不会像他那样不知变通吧，我连喝了五天的柠檬多多，给的 C 太多，快要'死'

掉了。"咦？我好像也说了粗话，嘿嘿。

"呵呵呵……"听到我这句双关语，姐姐也忍不住笑出声。

"从这点来看是有点不像双鱼的啦，但是他之前献殷勤的事……啊，可能是他的火星在双鱼，才会有那些举动。"

"火星？"

"是啊，火星管一个人的行动力的。"

"姐，两个都是火象星座的人会合吗？"

"这个嘛……"姐姐顿了一下才接着说，"得看整个星盘的状况，不过基本上两个太阳都是火象的话，互补的力量就不足了。"

"那照你这样说，最好是火象星座的找水象的来配，水火才会交融。"

"那也未必，水火不容，你听过没？林书棋就是水象的巨蟹，是很 nice 的一个人，可是相处时间久了，就发现还是不对盘。"

"哦？这么神吗？从星座就可以看出两个人的交流会不会很顺利吗？姐，我看你从现在开始就专心研究星座，将来搞不好可以靠着帮人算命谋生呢。"

"哼哼，本人志不在此，研究星座纯属兴趣，不做谋生考虑。"

我真是越来越佩服姐姐了，关于星座的事一定要常常来向她请教，好找个趋吉避凶的方法。

"看来你和'二代人'能有两个月的寿命就得偷笑了。"

"又来了，什么两个月的寿命？我会长寿得很哪。"

"我是说你们的恋情会早早夭折啦。"

是怎样……

才开始轻尝恋爱酸甜滋味，就让我家老爸和老姐看坏。

才开始轻尝恋爱酸甜滋味，就得等着那早夭的恋情结局到来。

唉！

第 *8* 章　个性有差异

　　开学一周后，渐渐回复到压力沉重的高中生活，我也就忘了继续关心"二代人"的星座。当然，一方面也是他很听话地没再买 50 岚的柠檬多多给我，因此我也就没将注意力放到那上头了，体会到的当然只有甜蜜的感觉。

　　是不是表层的美丽会让我们忽略了重要的本质？

　　是不是挥洒青春的同时，爱情也是一种生命的体验？

　　国文老师准备的补充教材里有古诗十九首，每一首都满含着绵密细致的情感，比如这一首：

　　庭中有奇树，绿叶发华滋。攀条折其荣，将以遗所思。
　　馨香盈怀袖，路远莫致之。此物何足贵，但感别经时。

　　即使是根小小的枝条，在情人眼里也能变成无价的宝物。

　　古人的心情，我真的明白吗？我们这一代的人懂得吗？

　　迢迢牵牛星，皎皎河汉女。纤纤擢素手，札札弄机杼。
　　终日不成章，泣涕零如雨。河汉清且浅，相去复几许？
　　盈盈一水间，脉脉不得语。

我看同学中的情侣档讲手机热烈得很，下课若是黏在一起，也总有说不完的话。想到古人"盈盈一水间，脉脉不得语"的心情，大概新世代都很难理解，干吗要那么放不开呢？

客从远方来，遗我一端绮。相去万余里，故人心尚尔。
文采双鸳鸯，裁为合欢被。着以长相思，缘以结不解。
以胶投漆中，谁能别离此？

写这首诗的人，把情人送的布料直接裁制成实用的物品，想时时感受那份深情；那我是不是该把"二代人"送的那个画着爱心的卡片，做成书签日日伴我读书？

明月何皎皎，照我罗床纬。忧愁不能寐，揽衣起徘徊。
客行虽云乐，不如早旋归。出户独彷徨，愁思当告谁？
引领还入房，泪下沾裳衣。

这只是我脑袋瓜能够了解的几首。每首都是能让人心生波澜、有所撼动的，但为何我的爱情并非如此"刻骨铭心"？是我还太年轻，还没体会到那种深刻的意境吗？

爱情这件事，不是古今中外皆然吗？罗密欧与朱丽叶的爱情故事，历经长久时间仍在人们心中回荡不已，梁山伯与祝英台何尝不是，但我的初恋怎么好像少了那一些些凄美动人的元素？

Why？

这中间一定有什么道理在。

"哪有什么道理，爱情是毫无道理可言的。"小香说得自然，好像她深知个中滋味似的。

"毫无道理吗？"我不懂。

"你没听过，'没办法在一起的，最是忘不了？'"

"什么？"

"得不到的最好啦。"

"什么？"

"我又不是说英文，你听不懂吗？思念总在分手后啦。"

"哦……思念总在分手后。"我喃喃自语了一会儿，突然想到我应该回家向姐姐求证，是不是真的思念总在分手后？她有没有在和林书棋分手后，特别想念他？

不知道是不是从小在幸福的环境里成长，我反而喜欢来点不一样的体验，或者凄美的情节本来就比较容易引人注意？总之，我希望我谈的恋爱有些波澜变化，有点古诗里的情韵。

倘若是淡如水的感情，那就和一般朋友没什么两样了嘛。

"二代人"每天都会来找我，不是中午吃饭后，就是放学时。时间是固定的，一成不变，和他买饮料一样，不过我们两个人在一起时，说的话反而不多。

渐渐的，班上同学大多也能猜出"二代人"和我走得近，有在交往。

乐观其成，天生爱赞美人的苹果、阿俊等就说了：

"哇，帅哥配正妹，配得好，不论是身高、体型，

还是外表气质，哇，都是绝配呢。"

他们说得不夸张，是实情没错。

但是太 match、太完美，好像也是一种遗憾。

"二代人"身高一米八，属于瘦高型的男生，再加上每年两次来回台湾美国，所以显得比同年龄的男生成熟一点。我本来以为"二代人"会因为见多识广，而幽默风趣地说些笑话，其实不然，他反而少了一种新时代的轻松活泼，多了一些老成持重。

妈妈呀，十七岁的男生，如果感觉上有三四十岁男人的沉稳，那是很可怕的事呢。

而我，正慢慢体会到这种感觉。

上礼拜他是五天都在餐前送柠檬多多来，除了将饮料拿给我，"二代人"也不会利用时间说些动人的话。（咦？我想听什么动人的话？）

而且他会催我快进去吃饭，免得时间不够。

时间不够就不够，一餐没吃也不会死人啊。

这一周，"二代人"换成午餐后才来找我，我们有时候会在校园闲逛，趣味也比之前多了一点。但"二代人"总是在钟声响起前，准时提醒我：

"午休时间到了，赶快回去休息吧，不然等一下被老师处罚。"

"处罚就处罚嘛，睡不着硬是要人家睡觉，很不合理呢。"

"没办法，谁教学校这样规定。"

"学校规定他的，谁说一定得配合？"

"啊？"

"二代人"那睁得奇大的眼睛，我都可以看到瞳孔里的装着满满的惊讶了。

"被扣操行成绩，会影响将来大学的推荐申请，还是不要太任性的好。"

"哦……"

我这一声显示出失望的心情，除了对刻板的教育体制失望之外，其中还包含了对"二代人"不敢稍微叛逆一下的失望。

高中的男生没做点惊世骇俗的事，感觉起来就不像高中男生。

"二代人"他不骑摩托车，因为他说：

"未满十八岁，没驾驶执照就不能骑摩托车，否则就是无照驾驶。无照驾驶是违法的，违法的事不能做。"

他也太守规矩了吧？

"只要不被警察拦下就 OK 啊。"

"不行，我们要守法。社会上就是太多不守法的人，所以社会秩序才会这么乱。"

"二代人"这么说的时候，我有点坐立难安，好像他说的那些不守法的人里头，就包含了我，因为我一直怂恿他无照驾驶。

就我所知，我们班有很多男生无照驾驶，连番石榴也是其中一员，他们都各有一套避过警察的方法。

个性有差异

8

不满十八岁，没有驾照却骑摩托车的人比比皆是，这么多人提早骑摩托车了，为什么考照年龄还硬是限定在十八岁呢？不能往下调一点吗？

"二代人"也不抽烟。不过这个就很好。

有的男生以为抽烟很帅很酷，其实我不觉得呢。我反而觉得手上夹根烟，那样子没什么气质可言。而且抽烟的人如果上了瘾，就一定要常常解馋似的抽它一根才过瘾。

像我们班的痞子痞，常溜到图书馆的顶楼去吞云吐雾，午休时间他的座位就明晃晃地空着。几次班主任来抽查，正好抓到，叫班长要痞子痞去办公室报到。痞子痞一点也不紧张，趾高气扬、大大方方地就"摇摆"进办公室。这些是陪着去的竹竿回来后报告给我们听的。

"哇，痞子痞根本不惧老师，他脸不红气不喘地说他到厕所拉肚子，公然说谎，这小子。"竹竿其实流露出有点崇拜的神情。

"啊，不然呢，难道要我跟老师说：'报告老师，我是去顶楼抽烟啦。'我准备让训导处记小过啊？"痞子痞说的是实话。

"不过老师也信吗？"我们女生比较不能理解的是，难道老师没大脑吗？要不然痞子痞的假话一听也知道有鬼，哪会那么刚好，每次不在座位上，就是吃坏肚子去蹲厕所。

"嘿，那就要看谁厉害嘛。"痞子痞有点得意。

"说说看，你怎么跟老师说的，痞子痞。"我想穷究的是，到底痞子痞用了什么高招，还是老师真的有点蠢？

"老师问我：'江平宇，你中午不在座位上午睡，跑哪儿去了？'我就回答她说：'我肚子痛上厕所去拉屎了。'老师又说：'这么凑巧，每次都肚子痛，你的肠胃也太弱了吧！'我跟老师说：'老师你真神呢，我这个肠胃是因为长期喝我们公寓水塔的水才这样的。'老师被我唬得一愣一愣的，还问我：'你们家不是买水来喝吗？'我趁机再说得夸张一点：'我老爸每天忙他那些什么不得了的大事，我妈也是每天忙着帮人家做脸，我哥和我就像孤儿一样，没人管我们的死活。听说我们那栋公寓的化粪池就在蓄水池旁边，搞不好我就是长期喝下渗进粪水的自来水，所以肠胃才会出问题。'"

"我看到老师皱着眉头听我说这些，然后很沉重地对我说：'江平宇，你妈不知道你们那栋公寓蓄水池的问题吗？'我其实很想笑出来，但是我忍着，只有摇摇头。老师接着再说：'你回家要告诉你妈或你爸，家里饮用水的问题，不能再这样下去知道吗？好啦，你回去。'呵，你们都不知道我一直憋到出了办公室才忍不住笑出来。"

"真的，我可以做证。"竹竿一旁出声。

"我看到老师那一副替我担心的脸就超想笑的。"

痞子痞吊儿郎当、睁着眼睛说瞎话的模样，看起来真的很欠揍，但有时却也是我们读书苦闷时的调剂品。

虽然他在老师面前撒了个小谎，但这无伤大雅吧？

哪一个人敢拍胸脯说他从来没说过谎？

如果有人真敢这么说，那才是天下第一大谎。

我突然想到痞子痞是不是电视新闻看太多，把政治人物那一套信手拈来唬烂人的伎俩都学会了。这该说他是被社会酱缸污染了，还是说他可塑性高呢？

相形之下，"二代人"从头到尾正经八百，正经到有些严肃的样子，应该可说是一股清流；但我天天待在有个痞子痞和竹竿互诮脏话的班级里，早已经是如入鲍鱼之肆久而不闻其臭了，所以偶尔还会觉得"二代人"太不沾染人间烟火，有点淡而无味呢。

这到底是一种叛逆，还是我也习惯了"酱缸生活"？

青春的美妙就是烦恼的事情倏忽而过，像这样的心理冲突，很快浮现，又很快消散。

我和"二代人"在校园里的许多角落踩出一朵朵爱恋的花，但也在每一次的踱步中又踩扁它们。

以前听爸妈在对姐姐面授恋爱机宜时，就听妈妈说过：

"相爱容易相处难，不要只想要求别人配合你哦，之慧。还有，你们千万不要想要去改变对方，没有谁是可以被改变的，唯有自己愿意改变时，才有可能改变。每个人来自不同的生活环境，必然有不一样的想法、举动，所以要尽量去看人家和你不一样的地方，然后放大这些优点；而不是挑剔他和你不一样的地方，只想从中找出缺点。这样相处才会快乐，也才能走得比较长久。"

"妈，所以你和爸也是不一样的人啦？"那时刚进高一的我，蠢蠢地问了个笨蛋问题。

"废话，老爸我是男的，你妈是母的，当然不一样啦。"一直没吭声的爸爸不鸣则已，一鸣惊人。

"说那什么话，我是母的？怎么不说你是公的？"妈妈有点发飙。

"嘿嘿……"老爸摆出一张赔笑的脸。

"还嘿嘿，你呀？"妈妈话锋一转，接着又说："你们看，这就是不一样的地方，你爸有时就是会装疯卖傻，而且嘴巴上还会占人便宜，看起来真讨厌……"

妈妈话还没说完，老爸就抢了话："还真讨厌？明明是你就喜欢咧，嗯……这是……啊，对啦对啦，我就是你说得那样，呵呵……"

爸爸突然迸出那句外国人说的广告台词，听得妈妈也拿他没办法地斜睨了一眼后，跟着呵呵笑开了。

果真是相爱容易相处难吗？

可是我看爸爸妈妈平日相处时，自然自在又自如。是他们已经走过最困难的磨合期了吗？还是他们彼此都有一些相处的高招？

情人节的那个星期六，"二代人"本来要约我去华纳威秀看电影，但是我们家有家庭活动，只好跟"二代人"说抱歉了。其实我自己心里也有一点失落，如果让我选择，我比较想和"二代人"去看电影。那一定比和爸爸的兄弟姐妹聚会来得有趣多了。

个性有差异

8

　　但是没办法，我还是被人监护的"孩子"，得听家里两个监护人的话。这样说好像有点委屈，其实也没有啦，瞧我老姐都满二十岁了，还不是也跟着爸妈一起进行家庭活动。

　　"二代人"会不会委屈，我就不知道了。他的表情向来平淡，不容易有激烈的情绪表露出来，所以还真难推测呢。甚至他在 MSN 上的用语，也不会有情绪性的字眼，都是一贯的中规中矩。

　　第二个星期六，我和"二代人"真的一起去看电影了。

　　爸爸说要送我去大远百，但是我选择自己搭公交车慢慢晃。

　　"小颖，爸爸要送你去还不好啊？"妈妈说。

　　"我自己搭公交车就可以了。"

　　"你会搭吗？"

　　"拜托，妈，我又不是白痴，公交车怎么搭还不会？你也太小看我了。"

　　"妈妈是说搭公交车时间算不准，等你到那里，人家早就开始演了，你怎么办？"爸爸替他老婆找借口。

　　"不会啦，早场十一点才上演，我九点就出门，够早了吧。公交车如果两个小时还开不到那里，这公车处长就该下台一鞠躬了。"

　　"真不要爸爸送？"

　　"不用啦，爸爸，谢谢你。"

"可是你未满十八岁，自己一个人出门太危险了。"

哇，老爸又重弹这个老调。

老爸，你帮帮忙，让我自己长大好不好？

"妈……"我向妈妈求援。

妈妈基本上比较愿意放手让我自己尝试一些事情，不像老爸总是小心翼翼，过度保护我们，也不怕以后我变成没有生活能力的人。

"妈什么妈？你爸爸就是这样，你就认了吧。"妈妈耸耸肩表示无可奈何。

"爸……"我只好再向爸爸争取："人家我同学都可以自己出去，有的人还骑摩托车呢，我已经很乖很听话，你就让我自己搭公交车去嘛，我总要长大的啊，现在你不让我练习，以后我都不会怎么办？"

"以后……"

爸爸还想说什么，但被妈妈挡了下来。"以后的事以后再说，今天就让小颖自己搭车去好了。"

"哦，你会把她宠坏的。"

拜托老爸，只是让我自己搭公交车出门，就给妈妈戴上一顶"宠坏小孩"的帽子，你也太大方了吧？随便就送人帽子戴。

"小颖，折中一点，我陪你去等车，你上了车你爸就放心了。"妈妈说。

我想想，也好，妈妈的提议也不失是个能让爸爸安心的方法。

个性有差异

8

chapter

看完电影，我和"二代人"就从大远百走到新掘江。

以前我以为这两地的距离是天涯海角，实际走过一遍才发现其实不远。暖暖的冬阳照在身上，只能用舒服两个字来形容。

我们在新掘江吃了饭，又到各种店铺逛逛。看到拍大头贴的店时，我总一股劲地想进去拍贴，可是"二代人"都不会主动邀我一起拍。

就这样走过一家又一家，眼看"拍贴王"过了，"美梦成真"也过而不入，啊，难道我想拍贴的美梦不能成真吗？甚至有只可爱兔兔当招牌的"盖酷家族"也过去了，"二代人"还是不曾向这些店家行注目礼。

奇怪，他怎么这么无趣。我心里想着，等走到下一家，如果他再不开口，我就开口好了。哇，一不小心，连"拍贴乐园"都过啦。这下我实在忍不住了，于是主动开口问"二代人"："你要不要拍贴贴？"

"你喜欢吗？那有什么好玩的？"

哼？既然问我喜欢吗，就不要再加上后面那一句，听起来很刺耳哟。虽然那种不舒服的感觉没一会儿便消失，但我还是满心期待地希望"二代人"会很兴奋地说："你喜欢吗？好啊，我陪你拍贴。"

这样的话，听起来多好，大概会让我持续一个星期做梦都会笑吧。

可是……"二代人"真无趣，我才刚把他说的话抛在脑后，他竟然说了一句更气人的话："你要拍吗？那

个性有差异

8

chapter

-153-

我等你。”

哼，我很想重重捶他一下呢。

怎么有这么白痴的男生，而且这个男生是和我正在交往的男生，我真是败给他了。

我想我不悦的表情大概已经浮现在脸上了，不然"二代人"不会马上见风转舵地改变说法："你要拍吗，要我陪你拍吗？"

这才像句人话嘛。

你要追人家，最少也要投其所好啊。

如果连一起拍大头贴都兴味索然，那接下去一定没戏唱了。

"当然要啊。"

"那……到哪一家拍？"

哦，"二代人"其实都有看见这些贴贴店嘛，不然他不会问："到哪一家拍？"

"我想想，美梦成真地方太小，拍贴乐园人很多，盖酷机子新但是贵。"

我还在想该要去哪一家拍，"二代人"适时问了一句，帮助我做出决定。

"你比较喜欢哪一家？"

"嗯……盖酷的袋子最可爱，我好喜欢。"

"那我们就去盖酷。"

这个时候的"二代人"最可爱了，就像盖酷那只招牌兔子那么可爱、惹人喜欢。

拍完后，"二代人"问我想不想喝饮料。正好我们走到 50 岚，我眼睛一亮，"50 岚呢。"

"你喜欢 50 岚的饮料？"

"嗯。"

"今天想喝什么？"

"二代人"问了这句后，我心里的答案是："不要再喝柠檬多多就好了。"

"我想喝点不一样的。"奇怪啦，我讲出来的竟是自动修饰过的句子。

"好啊，换点别的来喝。"

我想起橙子说过 50 岚的冰淇淋红茶不错，不如就选这个来试试。

"我听我同学说冰淇淋红茶不错，我就喝这个吧。"

"冰淇淋红茶吗？有冰淇淋呢，不会太冰吗？现在冬天呢。""二代人"对我要喝的品项有意见，除了有意见还给建议："换个别的好了？"

什么，要我换别的？

"二代人"是个喜欢掌控一切的人吗？连我想喝什么，他都有意见。我不高兴的情绪全涌上来，当然也连带想起，情人节那天的 50 岚柠檬多多，好像也是他帮我决定的。

真讨厌呢，这种不太被尊重的感觉填满我心里。

"我喝焦糖奶茶，你呢？决定要什么了没？"

我刚刚不是说了决定要选冰淇淋红茶，你现在还在

个性有差异

8

问我选好了没？这是什么意思？摆明我不能点冰淇淋红茶是吗？那好，我就不要了。

"我想我就不要了。"

"二代人"是蠢呢，还是自我意识太强？他竟然一点都没察觉我语气里的不舒服。更过分的是，他还自作主张跟店员说："两杯热焦糖奶茶。"

"啊？"

我这一声大概声不小，"二代人"侧过脸来看了我一下，微笑地说："一杯给你啊，喝喝看热焦糖奶茶，很香的。"

凭良心说，"二代人"的五官俊俏，尤其他那微露洁白牙齿的笑容，简直可以媲美电视上牙膏广告的男模特儿。或许是被"二代人"的美色迷昏了，我出乎自己意料地竟没加以拒绝，顺从地接下了他递过来的热焦糖奶茶。

爱情的美丽让我忘记我可以有自己的想法吗？

这是回家后，姐姐问起我第一次约会，她对我的点醒。

"喂，丑妹，电影好看吗？"粗鲁型的姐姐直来直往地问我。

"看什么片子？"这是妈妈问的，因为她很在意未成年的青少年越级看电影。

"我们去华纳威秀看《驱魔神探》。"我夹起一块妈妈的拿手菜"醉鸡"。

"这是什么片？"爸爸问。

"是一出驱魔片，片名不是已经说得很清楚了吗？"我这样回答。

"不好看吗？小颖看起来不怎么满意。"妈妈比较敏锐。

"还好啦，我本来比较想看真人真事改拍的电影……"

我还没说完，老姐就抢着帮我补充，"我知道，是里奥纳多主演的《神鬼玩家》对不对？"

"嗯。"我忙着吃饭，只应了一声。外婆说"吃饭皇帝大"，我先填饱肚子再说吧。

说到真人真事改拍的电影，爸爸的兴趣也来了，手一边往盘子里夹菜，一边还忙着问："内容演些什么？好不好看？"

"我同学有人看过，说超好看的，所以我才想看。"我说得有几分委屈。

"那怎么没看呢？"妈妈关心我。

好啦，我先说《神鬼玩家》的内容。这部片是在演美国历史上名气胜过总统的大亨——霍华休斯，也就是里奥纳多饰演的角色，他可是美国建国以来的第一位亿万富翁呢。他的事业版图涵盖航空业、赌城饭店业和好莱坞电影业，这才是真正的亿万富豪啦。

霍华休斯一九〇六年在德州休斯敦出生，他读加州理工学院时，其他功课都差，只有数学成绩非常好。他很喜欢机械，十一岁时就会自组收音机，十三岁已经拼

个性有差异

8

chapter

装出一部摩托车，十五岁学开飞机，十六岁时没了娘，十七岁时再没爹。不过他爹留给他很多遗产，但是要到二十一岁才能动用。

可是霍华休斯急着想运用财富来经营事业，所以他亲自出庭，要求提早接收遗产，而法官也同意了。你们看，从这里证明他的个性执着、企图心强、胆识不凡、能力出众。霍华休斯一生的最爱是女人、电影和飞行。

《神鬼玩家》就是演他从继承遗产到崛起成为亿万富豪，再变成好莱坞大制片家，还有他和好莱坞女星的爱情故事，以及他如何树立环球航空的霸业，然后和泛美航空总裁之间的竞争。他曾出席电影《亡命之徒》的电检公听会、美国国会召开的"Spruce Goose"巨无霸飞机公听会，力辩群雄……哎呀，你们要去看啦，才能看到影片里的飞行风景、机智对白、动作场面和商场竞争的状况，真的很棒！

姐姐只顾着说电影情节，口沫横飞，说得忘记吃饭。等她讲完放眼望去，这才发现大势已去。

"哇，你们真讨厌呢，我说电影情节给你们听，你们也不知道该感恩，至少也留几块醉鸡、半尾肉鱼给我，统统吃光光，剩下这一点点剩菜残羹的，真没良心。"

"嘿嘿……"

"呵呵……"

"嘻嘻……"

爸妈和我三人各自以打哈哈带过，谁让她说得那么投入。

听了姐姐这么说之后，我更加懊恼没看这出《神鬼玩家》，都是猪头"二代人"，他说基诺利瓦伊比较正气，演研究超自然异象的神秘术士康斯坦丁很有看头。什么嘛，不就是那些穿梭天使与恶魔之间的无聊把戏吗？

晚饭后我进房间休息，却有些担心明天会下红雨。这是因为极少进我房间的姐姐在洗过碗之后，居然敲门进我房间来。

"哇，姐，天有异象，该不会是我今天看了《驱魔神探》的关系吧？"

"去你的，你当我是鬼啊。我来了解今天的历史。"

"拜托你少提起历史这种吓人的东西。"历史是我仇敌啊。

"说说你今天约会的感想吧。"

"什么感想？就看电影看了不是我最爱看的片子，后来我们去新掘江逛街，拍了贴贴，喝了 50 岚饮料就搭公交车回来了。"

"你自己搭车回来吗？"

姐姐问到这个，我心里微微震了一下，浓情蜜意瞬间填满心窝。想到"二代人"刻意陪我搭公交车，那份甜美的感觉足以将他一些强势掌控的缺陷缩小到几乎不见了。一个会贴心送你回家的男生，应该是属于个性温柔的人吧。

"才不呢，是'二代人'陪我坐车回来，他再转两

chapter **8**

班车回家。"我陈述时眉开眼笑的，姐姐眼不瞎，可是看得一清二楚。

"嗯，'二代人'不错，很绅士，会送女生回家。"

"是啊。"我还陶醉在这份美妙里。

"虽然是很绅士没错啦，可是看电影时就没尊重你的想法了。"

"嗯？不过，两个人意见不同时，得有一方退让的。"我好像在帮"二代人"脱罪似的。

"没错，是该取得平衡点，但不是退让的一方怀有委屈啊。"妈妈不知是不是在我门外站了很久，这时也跟着插进来一脚。

"妈……"我愣住。

"妈说得对，你如果有委屈，代表是隐忍下来的，久了你还是会不舒服。对不对？妈。"

"之慧说得对，不只是男女朋友交往，同学之间，甚至兄弟姐妹之间也应该要互相尊重，这样才能有健康良性的发展和关系。所以，小颖你要记得，面对一个印象不错、感觉不错的人，千万不能因为想要保有那份关系而牺牲自己、委屈自己，一味地迁就对方。"

"对，就是这个原因，我才会和林书棋分手。有时候我想和女同学一起逛街，他为了表示体贴，一路相陪，可是我和同学偏偏希望只有我们女生就好。这让我觉得我要配合他，而他也在迁就我，虽然他的个性温和，但这样他也不见得快乐，我更不快乐，那又何必呢？"

"你这样做是对的。之慧，你们现在还年轻，如果就让自己习惯委曲求全，长久下来把自己的感觉压下去，这是很不健康的。当有一天再也压不下去时，所有情绪爆发出来，后果可能是很难收拾的。"

"对对对，像以前有个杀夫的新闻事件，就是这样的状况。"

姐姐说起新闻事件，而我则想起有本小说的书名正是《杀夫》。

看来面对自己现在的情绪是很重要的课题，懂得适时适度表达自己的想法也是很重要的一件事。

我的家庭很健康，爸爸妈妈都愿意和我们讨论关于成长过程中会发生的一些状况，我觉得自己相当幸运。

想起小香的初中同学阿美，虽然有一个完全控制她的妈妈，表面上阿美不得不听话，但实际上可能并不是这么一回事，最后不是大家都成了输家吗？

上周我听小香说，阿美和她的同班男同学很要好，寒假辅导时阿美和那男同学在学校厕所亲热，被多事的同学传得几乎全班皆知，连他们导师都略有耳闻，还把阿美找去谈话，阿美当然是打死不承认。但导师却打电话给阿美的妈妈，提醒她多留意阿美的交友情形，阿美的妈为此开始没事就到学校去和阿美同学装熟，还请他们喝饮料。

小香说阿美的妈还对她说：

"小香，可惜你没跟我们阿美同校，不然你就能帮

我盯着她，这样她就没办法搞怪了。"

小香说阿美妈说的话简直不是人话，可是为了常去阿美家陪阿美透透气，她也不敢对阿美的妈太无礼。

我这个和阿美素不认识的人，在听到这样的事时都一肚子火了，那阿美岂不是生活在水深火热之中吗？她妈妈怎么不想想，她这样紧逼，反而可能会把阿美逼到别人怀里去？

这样的高压管理有用吗？阿美的心事她妈妈都不理会，看来阿美的妈应该要再学习才对。如果有一天阿美承受不了，发生了什么事，那她妈妈会高兴吗？

唉，天下的妈妈怎么不是一样的？

第9章 渐行渐远离

和"二代人"一起看电影的那天，在我脑中印象十分鲜明。

我记得"二代人"否定我想看的《神鬼玩家》，也记得"二代人"否定我想点 50 岚的冰淇淋红茶，甚至自作主张地帮我点了跟他一样的热焦糖奶茶。我觉得奇怪，这些让我不舒服的事情怎么会一直存在记忆里？

爱情，不是应该只会记住美好的事吗？

西洋情人节在媒体传播下，越来越热烈。现在又有个白色情人节，听说是来自日本的风潮。

他们说，2 月 14 日的情人节，是男生送女生礼物；而一个月后的 3 月 14 日，则换成女生要回送礼物给男生，但我早已把妈妈说要回送礼物给"二代人"的话忘得一干二净了。

日子在沉重的课业压力和多得无法数的考试中度过，和"二代人"天天见面一下，说些无关痛痒的生活话题，倒成了解压的一种调剂。

就这样，不知不觉间一个月也快过去了。

3 月 11 日是星期五，午餐时，小香满嘴饭菜地嘟囔了一句："喂，你要送什么东西给你的阿顺仔？"

讨厌的小香从上次开始，只要每次说到"二代人"都像男生一样喊他阿顺仔。

"他生日又还没到，干吗送东西，无聊啊。"我低头猛扒饭。

"噢，你真是寡情寡义的女人。"

"你说什么？欠打啊？"我抡起拳头作势要打她。

"谁说只有生日才能送礼物？人家阿顺仔在情人节时，不是送了东西给你？你没想要回送人家哦？"

啊？的确是该投桃报李、礼尚往来，妈妈说过的话，我怎么给它忘了？

"好啦，再找机会回送不就结了。"

"还找什么机会？白色情人节你听过吗？"

"白色情人节？"我顿了一下，才猛然想起好像有个白色情人节，"哦，好像有呀。"

"白色情人节要干吗你知道吗？"

小香的口气好像我是大白痴似的。我当然知道白色情人节的意义，电视和报纸炒了又炒，再不知道就落伍了。

"好啦，我知道该送个东西给'二代人'啦。"

说完这句，小香才笑逐颜开，满意地吃着已经凉了的饭菜。

怪了，"二代人"是小香的谁啊？爱情经纪人啊？要她这么热心？

这下子换我心中有事了，但不关小香。

我到底该送"二代人"什么东西呢？总不能也买顶帽子送他，或者……如出一辙地画张有爱心的卡片？可是那更不可行，多没创意，抄袭。

"喂，吃饭啊，发什么呆？"小妈妈似的小香又开口说话了。

"哦。"我低头扒了一口饭，再开口问她："小香，你说送什么好呢？"

"你说什么？把饭吞下去再说，没规矩。"

咦，开起染坊来了，居然当真以为是我妈妈，教训起我来了。我大口吞下饭菜，再张口说："都吞下去了，这样有没有规矩？老太婆。"

小香知道我是故意的，咧嘴不好意思地笑着，然后温柔地说：

"你刚才说什么，现在再说一遍，我一定听得很清楚。"

我嘴里没半颗饭粒，当然知道她会听得清楚啦，还要她说？

"我是问我要送什么给阿顺啦。"我倾向前，故意用气音说出来。

小香瞪我一眼，拍了我额头一下，也用气音回给我这样一句："自己想啊，那是你的'男朋友'，又不是我的。"

废话，我当然知道是我的，不是她的。我又没有要她送，只是请教她意见而已，她竟然是给了这样的意见，真是的，友非益友，换我瞪她一眼。平手，没输没赢。

结果？当然是没结果。

午餐后，"二代人"照例来找我，不过这次是来跟我说，他们老师要他去办公室帮忙，因此我们的餐后散步暂停一回，放学后再补回来。

"今天放学，我们一起走路回去吧。"当时'二代人'是这么邀我的。

"可是你家又不在三民区。"

"苓雅区就在隔壁而已，有什么关系。我先走了，拜。"

啊？苓雅区就在三民区隔壁？说隔壁也太牵强了吧。没错，地图上是紧连着，问题是……算了，"二代人"爱练脚劲就让他练吧。

只是回去少不得又要让老爸操心一遍就是了。

因为中午没机会和"二代人"聊一下，本来打算从他的话里套出他想要的东西，然后再去买来当礼物送他的主意只好报销了。

死小香大清早提醒我，害我整个下午的课都心神不定，老师上些什么，根本就没进耳朵。

我想得都快破头了，却还是没有任何 idea。

放学钟声才响起没多久，"二代人"就出现在我们教室的走廊。现在班上同学都知道我和他是一对，于是便开始会找机会闹我们。

"噢，阿顺仔，又来等小颖正妹啦？"听这口气，我不必回头也知道是从番石榴的大嗓门吐出来的话。

"二代人"超有涵养，他总是绅士般地笑笑，其他什么都不说。我真服了他，换成我，我是容不下人家占我便宜，包括口头上的。

所以当番石榴走过我身旁，抛下一句"快呦，小颖正妹，你的阿顺哥等死了"时，我马上将要背上肩的书包甩出去，重重甩到番石榴身上，再丢给他一句："你这个被台风打下来的烂番石榴，长蛆长虫，没人要了！"

我也不担心"二代人"在走廊上会看到这一幕，或是听到我尖锐的嗓音，因为这就是我，李之颖的真面目。

我不想再刻意装秀气、装淑女了，我要恢复我的真面目。

我记得爸爸妈妈说过，和朋友交往不需要隐藏自己的缺点，应该要以真面目示人，这样才是坦诚、负责任的交友态度。

"小颖妹妹，别这么横，你的阿顺仔看到了哦。"

死竹竿，我横不横干他何事？阿顺仔是他叫的吗？他以为他跟"二代人"多熟啊？又不像番石榴至少高一还跟他同班过，真是的，哼。

"哼，我就是泼，你要怎样？死竹竿。"

"喂，小颖，你母夜叉啊？"

这个竹竿真无聊，不会像番石榴那样见好就收，还想继续打烂仗，who 怕 who？

我边走向教室门口，手边叉腰，一副迎战的架势，顺便给他一句他铁定听不懂的话："直娘贼。"

"什么？直娘贼？你讲什么？"

渐行渐远

9

chapter

竹竿以为他什么来什么去，本姑娘就怕他啊？他也不把眼睛睁大一点，看清楚小颖妹妹我可是狮子座的呢。

哼，竹竿八成眼皮没浆过。

痦子痦到底是有在混的兄弟，他懂得什么事才是他们该管的事，什么不是。痦子痦大吼一声："竹竿，你是在做什么？走啦！"

哇咧，这几个是"什么"的朋友啊？

"小颖正妹说我直娘贼，我在问她直娘贼是什么啦？"

这时身高一百五十几的长脚正走到教室门口，他多事地代答我回答："竹竿，直娘贼就是 X X 娘啦。"

"啊？"竹竿当场愣住，大有正妹也会说粗话的疑惑。

"文言文的啦。"

长脚说完，抬起他的短腿就要走出教室，我二话不说先将他拦下。"长脚，你的说法只对了一半。"

"是吗？"喜欢追根究底的长脚又停下了脚步。

"本来就是。直娘贼广义的意思是泛指无赖汉，天下所有男生都适用，包括你。"

"哈哈……"

这时班上还没离开教室的同学全都挤到我和竹竿、长脚的身边，连痦子痦也走回来，唯有"二代人"还是在教室外的走廊上盯着我们，连笑一声捧个场也没有。

"小颖，真是这样吗？"

"出处是哪一本书？"

同学争相问着。

渐行渐远离

9

chapter

-169-

呵，说到这个我可是很有自信的，嘿嘿。

"请各位亲爱的同学回家翻《水浒传》第五回'小霸王醉入销金帐，花和尚大闹桃花村'，你们就知道了。长脚回去翻翻吧，看鲁智深对那大王说的那句'直娘贼'，是你说的意思比较合适？还是我说的？"

"我想小颖正妹说的才准啦。好啦，拜了。"

痞子痞出这声是罩我的吗？

那个想跟在他身边混的竹竿，马上乖乖地夹着尾巴跟在痞子痞后面亦步亦趋地走了。

哇，痞子痞真有大哥的架势呢，我服了。

"痞子痞，拜拜。"

我也跟着走出教室，对着痞子痞的背和他说再见。大哥也是很讲义气的，他回头也跟我挥挥手说了声："假日快乐。"

这一句"假日快乐"把我为了送啥给"二代人"当礼物而想破头的阴霾一扫而光。我笑嘻嘻地走向"二代人"。

"你们班同学都很能打成一片，真可爱。""二代人"老气横秋的样子，仿佛和我是不同时代的人种。

"是啊，一家人的感觉。"

"我们班就没这种气氛，大家都忙各自的，还是你们比较可爱。"

又来了，你老公公啊？刚刚你也可以加进来啊，为什么不呢？

我突然想到是不是选读文科的人，"人味"比较多一些，而读理科的人，因为整天都在念生硬的科目，所以久了人也比较无趣？

　　这只是我胡思乱想的结论，如果说出来，一定有很多人不以为然。我又不是发神经，想给自己找麻烦，说出来讨打？

　　走出校门，"二代人"又想往50岚走去，我赶紧先声夺人。

　　"还要喝吗？"

　　"你不想喝吗？"

　　我就知道是为了讨我欢心，可是你又不让我点我想试试的"冰淇淋红茶"，我看还是算了，免得还要喝一杯我不喜欢的饮料。

　　"今天不想。"

　　"好吧，那就不买啦。"咦？语气好像是在对小孩说话呢。

　　不想就不想，别想用话来引诱我。

　　平常在学校里上课，根本没发现外头有那么多车在马路上横冲直撞的。而红绿灯，驾驶先生、小姐们似乎都只把它当作参考而已，只要路口没人，"咻"一声，油门踩足就冲了。

　　我看得是频频捏了好几把冷汗，不过不是为驾驶人捏的，是为我自己。爸爸常说："在路上不是我们小心谨慎就可以避开危险，有时候是别人不小心，我们却因

此受到连累，搞不好一条命就没了。"看起来，老爸果真睿智啊。

所以当看到一些行人简直视斑马线、红绿灯为无物，我就很惊慌，因为那真的很危险呢。

有时候我会很想生气，气什么呢？生气一些初、高中生，完全不理会交通信号灯，想过街就过街。这什么嘛，书白念了吗？不知道该遵守交通规则吗？不知道该好好保护自己的安全，不知道身体发肤受之父母吗？

所以和"二代人"走路回家时，能走小路的话，我们就不走大马路，尽量不让自己暴露在危险的环境里，至少可以减少受到伤害的机会。另外，铁道旁的小公园也正好提供我们在走了一段路后，让微酸的腿休息的场所。

像现在，我们正坐在摇摇椅上一起聊天。

"好久没荡秋千了。"我看见有个小孩摇着秋千，也兴起一丝想荡秋千的念头。

"什么？""二代人"睁大眼看我，仿佛我是从外星球来的。

"很奇怪吗？荡秋千很有趣呢，荡得高时会有快飞出去的感觉呢。"

小时候我超爱荡秋千的，爸爸妈妈如果带我去公园或是住家附近的小学散步，我一定要荡秋千。还记得妈妈总是会在旁边紧张兮兮地喊着："好了，小颖，好了，别再荡了，太高了，下来，不然会摔出去的，下来。"

每次我都被妈妈干扰到失去玩兴，最后不得不慢慢停下来。

　　"那小孩走了，你真的想荡秋千吗？小颖。"

　　"我……算了，我穿学校制服还荡秋千，好像很奇怪哦。"这是一个原因；另一个原因是，我穿的是裙子，秋千一荡高可能会穿帮，干脆算了。

　　晚风习习吹来，在三月初的春日里，坐在铁道小公园里聊天，感觉超赞的。如果不是得回家吃晚餐，还真想和"二代人"坐久一点，但是不行，该回家的时候就得回家，不然爸妈会很着急的。

　　我看看表，五点四十五分了。

　　"走吧，我该回家了。"

　　话说完，我才想到还没向"二代人"套出他想要的礼物。在他也站起身背好书包时，我巧妙地问他："喂，'二代人'，你的足迹横跨太平洋，听到的、看见的那么多，还有什么东西是你有兴趣或是想拥有的？"

　　"什么东西是我有兴趣或是想拥有的？""二代人"在我们沿着纵贯铁路旁的小公园走时，喃喃自语着。

　　"是啊，什么东西是你有兴趣或是想拥有的？"我又复述了一遍。

　　这时正义路上的平交道传来"当当当当……"的警铃声，平交道的栅栏也缓缓降下，我们只好和所有不停排放废气的汽车一起等候列车通过。

　　在由南向北的列车呼啸而过的同时，"二代人"也

说出了他的答案，但我在一片嘈杂声中却没办法听清楚。

"什么？"我问。

"我说，你是我有兴趣或是想拥有的啦。"

啊？这是什么答案，羞死人了。还好漫天的废气扑上我的脸，那一层黑烟盖住了我发烫发红的脸颊，应该没有人看得出来，我的双颊刚刚酿了酒。

之后，我和"二代人"就没再交谈。我害羞，他应该也是不好意思吧？

一直走到我家巷口，"拜拜"是今天我们给彼此的最后一句话。

我走在小巷时，回想刚刚"二代人"那句话，突然间有了一个灵感，我知道我要送什么给"二代人"了，呵呵。

两天的假期很快过去，而我早就把礼物准备好了。

我在星期天下午上 MSN 时，已经向"二代人"预告要送他一个很 special 的礼物，当时"二代人"还在线送出有史以来第一次的表情符号。

二〇〇五年真特别，2 月 14 日的西洋情人节是星期一，3 月 14 日的白色情人节也是星期一。

昨天 MSN 上，我们已经约好在早自习前会面，然后我将礼物交给了"二代人"。

"这是送你的，我亲手做的啊。"我特别强调亲手做这三个字，"二代人"应该能明白，那当中有多少心意吧。

"啊？你亲手做的？干吗花那个时间？"

什么？"二代人"这什么意思？他不喜欢这个礼物？还是不喜欢我花时间做？我不懂呀。

"你不喜欢啊？不喜欢就还我。"我伸手向前想收回我的心意。

"哪有不喜欢？礼物送人不能再要回去的啦。""二代人"机警地将拿着礼物的手缩到身后。

在上楼梯前，因为上课教室方向不同不得不分手，我往我的班级前进，心里却是喜滋滋的。刚刚我看到"二代人"以满心愉悦的表情，收下那个花了我星期五一整个晚上做的礼物，我想他应该不会不喜欢的。

目送"二代人"离去的背影，我心里期望他会跟我一样，对不停拆盒子感到兴奋，然后热切地想看到最里层的东西是什么。

哇哇，光是这样想而已，我的情绪就一直往上 high。

我想象着"二代人"一层一层拆着盒子的愉悦神情，也想象着"二代人"看到最里层那个盒子里的东西时，会感动得无以名状的样子。

这个很特别的礼物是我用了整个晚上，把平常搜集的卡纸拿出来配色裁剪，总共裁了六个不同大小的纸盒形状，再一个一个折成盒子，最后把礼物放进最小的盒子，再把它放在最里面，然后由小到大，把六个盒子装在一起，再仔细包好包装纸，这才把我要送他的礼物给大功告成呢。

先不说时间和创意，光是我的心意，真的就像溢出

渐行渐远离

9

chapter

堤岸的水，结结实实地四处流漫，"二代人"一定能感受到吧？

早自习时我这么想着，连第一节第二节课，也在这样的思绪中度过了。

然而，第二节下课我和小香上厕所时，不期而遇也去上厕所的"二代人"，但他开口对我说的竟然是："噢，小颖，你也真天才，做那么多盒子，害我花了整个早自习时间拆它。"

什么？"二代人"说的是他花了整个早自习时间拆盒子，他怎不想想我可是耗掉整个星期五的晚上才制作出来的呢？什么嘛！

"二代人"的话，在我听来像是抱怨，而非喜悦，我的心瞬间凉了不止半截。

生活情趣不是很重要吗？还是"二代人"只重视实用性？他难道不觉得我把自己学走路的可爱照片送给他，让他拥有"蹒跚学步的我"是意义不凡的吗？

这不是和古诗十九首中的"……攀条折其荣，将以遗所思。馨香盈怀袖，路远莫致之。此物何足贵，但感别经时。"有异曲同工之妙吗？

我们现在的交往，不也正是在爱情学步期吗？聪明的"二代人"难道读不出这层深深的含义？

但我的失落只有小香读出来。在回教室走廊上，她试着想安慰我。

"小颖，别难过嘛，阿顺仔是笨蛋、无趣的笨蛋。"

"岂止是无趣的笨蛋，简直是宇宙超级第一大笨蛋。"

"对对，阿顺仔是宇宙无敌超级唯一第一大笨蛋。"

什么？这话好像哪里不对劲哦？我这人头脑超清楚的，无论在什么状况下，哪怕是像现在这般失落的时候，还是能听出小香话中的怪异。

"你神经啊？都已经是大笨蛋了，还给他加个无敌，他无敌什么？"我顺手拍了小香光滑的额头一下。"唉，算了，本来我和'二代人'个性就不太一样，生长环境也不同，所以我们欣赏的生活趣味自然也不太一样。"

我是很能转念的人。

"对对，你这样想就对了，不要难过啦。"

"我无聊啊，为这种事情难过，不痛快一下子就没啦。"

真的不痛快一下子就没了吗？似乎没有啊。

午餐后"二代人"依然来找我去校园散步。他不停说着他们理科上物理课时有多热烈，但我却表情苦苦的，心情淡淡的。可惜"二代人"不明白。

"天气好像开始变热了。"

都他在讲，我也可以说点别的吧。

"哦，三月中了，当然热啦。"

"二代人"的"当然"那两字很让我受伤，好像我是蠢蛋，不会判断似的。

这时我脑海闪过姐姐的话，两个月？

我们交往到今天刚好整整一个月，但我已经可以嗅出势必分道扬镳的气味了。

怪了？可是"二代人"似乎没什么感觉似的，仍然滔滔不绝地说着他们的上课情形，他是想和我分享他的上课心得吗？还是他只能想到这样的话题？

今天是第一次在午休钟响前，我就说要回教室。

"现在就回教室吗？还没敲钟呢。""二代人"只是诧异，似乎并没有很想知道原因。

"差不多了啦。"我也懒得解释。

"……嗯……好吧。"感觉"二代人"好像也没差嘛。

我懒懒地踢着我的耐吉鞋子，哎呀，真没劲呢。

我的学步照片，"二代人"一句都没吭。

喜欢，不喜欢，我无从知道。

这个第一份送给"二代人"的礼物，我似乎是送错了。

那……下次……

大概……不会有下次了。

这个想法掠过脑海后，我才突然惊觉到，难道潜意识里，我自己也看坏和"二代人"的交往？

依照刚过不久的天气状况，通常冷锋过境后，天气会持续几天的低温。没想到人的情绪也是如此，接下来的几天，我提不起像上周的高昂情绪，不过这可和我大姨妈来敲门完全没关系。

"二代人"对此完全没感觉，因为他正全心投入二下的第一次月考，于是我也顺势提出暂停午间散步的建议。当这建议一说出时，我看见他脸上浮现出如释重负的轻松表情。

等到考完试，已经是三月下旬了。我自己除了十分满意国文成绩外，其他科目都还差强人意，唯独我的死穴——历史，仍然殿后。

妈妈常说："我们是要从学习中培养良好的读书习惯，读书是要快乐地学习，从书本里找到吸引你的趣味，自然就会产生兴趣，读起来就能轻松愉快，哪需要寒窗苦读？"

我相信我妈说的，而我也是这么奉行不悖，所以平时还是会上上网、在MSN上和人聊天，成绩虽没达到顶尖，但也不至于太难看。可是"二代人"居然对我说："小颖，加油哦，要不然没有像样的大学可读了哦。"

诅咒我啊？我就不信我这样的读书态度，将来会没个像样的大学可读？而且什么叫作像样的大学？ MIT吗？哈佛吗？还是台、清、交才是？

要么，"二代人"你也用鼓励的方式嘛，你这种说法好像很看不起人呢。哼，看我不卯起来跟你拼了？

嘻嘻，我不是要和"二代人"打架啦，是要卯起来认真拼间像样的大学！

到了这个田地，看来我和"二代人"真的没有愿景了。

这样一想开，整个人突然轻松许多。

4月1日愚人节，我和小香吃午餐时，心血来潮把姐姐的魔咒说了出来。

渐行渐远离

chapter 9

"小香，我跟你说哦，我老姐说我和'二代人'最多只有两个月的寿命呀。"

"什么？"小香嘴里含着番茄炒蛋，突然愣住地张大嘴，那满口的红番茄挺吓人的。

"你说什么？哦，我知道了，今天是愚人节，你想戏弄我。"小香好像打落门牙和血吞似的，用力咽下那口艳红的番茄炒蛋，然后自己做出解释。

"屁啦，你以为我骗你的吗？"一不小心，我的声量提高了点。

"喂，小颖正妹，卫生一点，现在正在吃饭呢，别说那个字嘛。"

旁边的阿俊大概是自己一个人吃饭太寂寞了，常会借机像这样发作。

"拜托，阿俊哥，人吃五谷杂粮，哪个不解屎拉尿的，我也不过说个屁字，你就受不了了，难不成你不食人间烟火？咦？那你现在吃的这些是什么呢？"我说着还半倾身过去阿俊桌边。

"哎哟，才叫你不要说那个字，你反而说了一串更恶心的，你真讨厌呢。"

阿俊这一声"你真讨厌呢"，怎么让我联想到那个向副总统求婚的英文补教老师 Tony Chen？妈呀，我的鸡皮疙瘩瞬间掉了满地。

有点娘娘腔的男生都不好玩，我还是敬而远之吧。

回过头来，小香正因为阿俊刚才的语调而呵呵笑个不停。

"活该，谁教你要逗他？"小香埋怨了我一下，接着马上就又回到我们刚才的对话。

"你说你老姐说什么两个月？"

"她说我和'二代人'只有两个月就会分手。"我抬起屁股向前倾，靠着小香的耳朵悄悄地说。

"什么？只有两个月就会分手了？"小香惊呼。

"嘘……"我右手食指竖在嘴唇前，眼睛再狠狠瞪她一下，"小声点。"

"小香，小颖说谁只有两个月就会分手了？"阿俊转头插话进来。

八卦真的人人感兴趣，尤其是关于人家劈腿、分手之类的，更是令人兴趣浓厚，好像人人都见不得人家好。

"吃你的饭，干你屁事。"我大声吼回去。

阿俊吓得缩回他本想斜倾出来的上半身，口里还嗫嗫嚅嚅地说着："超级正妹，出口总是屁屁屁……"

"怎样，不行吗？"

我这母夜叉的本性一露，阿俊一声也不敢吭地继续埋头啃他的饭。

愚人节是星期五，我把"二代人"当愚人耍弄了一下。我传短信给他，说我肚子痛，不想饭后散步；因为怕"二代人"又提议来个放学铁道公园漫步，所以顺便也说了，放学后我要搭专车赶快回家休息。

担心女朋友的人，可能心里一急就跑来探望了，但

"二代人"不是这样的人，我终于看清楚了。不过这也是他的真本性，所以不能怪他，至少他不虚伪做作。

"二代人"只是回了一则短短的短信。

"好吧，你回家就多休息，再不舒服要去看医生。"

连着两天假日我刻意不上网，妈妈反而吓到了。

"天要下红雨了吗？考试完才过十天，你不上网去聊天，是不是发烧了？"妈妈说着还故意摸我额头一下。

"妈……我只是不想玩嘛。"

"哦，洗心革面了呀？"

什么？我以前只是上 MSN 鬼扯，才不是坏蛋呢。

我已经做好不再继续交往的心理准备，只等着哪天跟"二代人"说开。

爸爸妈妈说过，男女交往，如果感觉不对了，想要分手，一定要真诚地把话说清楚。妈妈还说："千万不要就突然从人间蒸发似的，从此毫无踪影，这种做法最伤人。因为另一方一定会焦急、期待、愤怒，各种情绪都有，万一有不理性的自残行为发生,不是一种遗憾吗？"

"你妈说得对。逃避不是健康理性的处理态度，面对问题诚恳讨论，让彼此能在最和平的情况下分手，不是很好吗？干吗把事情弄僵了呢？所以如果以后你们要和男生谈分手时，记得要以真诚负责的态度去谈。不过对方会有什么反应，事先谁都预料不到，所以保护自己就是很重要的一环了。"

我记得爸爸说完这一段，在停下咽了口口水时，他老婆，也就是我的妈马上接下去，这两夫妻真是合作无间啊。

"谈分手的地点最好选在公共场所，而且是光线明亮、人来人往的地方，时间最好不要在晚上，地点也不要太浪漫，这样彼此才能理性一点。"

这一些分手准则我早就记住了，而且也会奉行不悖。

第 *10* 章　魔咒终灵验

　　愚人节之后又过了一个星期，我隐约感觉到"二代人"其实也有点意兴阑珊。

　　4 月 8 日那天，午餐后，"二代人"找我去校园走走。这还是一个星期以来的第一次，我是可去可不去，反正饭后百步走，活得久久久，有益无害嘛。

　　当我们下了楼梯，走向图书馆时，"二代人"表情凝重地说：

　　"小颖，我们两个的个性好像有点不太相同啊？"

　　咦？"二代人"突然开窍啦？

　　"嗯，是不同，有人完全相同的吗？"

　　天下当然不可能有个性完全相同的两个人，这是毋庸置疑的，"二代人"干吗要这么忧愁呢？重要的是如何去互相搭配、互补。

　　或许"二代人"的想法并非如此。

　　而这也正是我大半个月以来的感想。我还不很了解"二代人"真正的想法，所以除了简单回答外，并没特别说什么。就让"二代人"继续说吧。

　　"上次看你和同学之间的互动自然又愉快，甚至在男生乱喷脏话的教室，你也能泰然自若……你好像都无所谓哦？"

我发现"二代人"说话很文雅。

"那没什么啊？只要不把他们当一回事，还好吧。"

"但是我就不行呀。你不觉得说脏话的男生很不入流？"

"不入流？"

其实我没这样想过，我总觉得那是男生特别的文化。

咦？"二代人"自己也是男生，竟然会对男生说脏话这部分有这么深的排斥心理。是优越感使然？还是"二代人"嫉脏话如仇？

再说，说脏话的是男生，又不是我，我干吗要有所谓。

嗯？不对啊，那天……那天……妈呀，那天我还对着竹竿说了"直娘贼"呢。

"二代人"是什么意思？有话直说嘛，这样拐弯抹角的，教人猜半天。

"怎么样才能像你那样不别扭？"

啊？我以为"二代人"接下去要说的是，我没办法像你那样，所以我们分手吧。

我已经做好心理准备，以为将会听到"我们分手吧"这样一句话，没想到他说出口的居然不是这句，更出乎我意料的竟是……"二代人"想学我这样。

我不明白，"二代人"是觉得和同学零距离，是件快乐的事？还是他纯粹想迎合我？如果和同学零距离相

魔咒终灵验

10

chapter

处是快乐的事，那"二代人"早就该这么做啦，不是吗？

"你喜欢和同学这样相处吗？"

"我不知道，以前没有过，不过可以试试看。"

"二代人"这样说的同时，我想起高一之所以在他对我表示好感时没有接受，可能也有部分原因是他比较孤僻的个性吧。

如果他的本性是属于喜欢自己独处的，现在干吗吃错药似的想改变呢？

"如果你对和同学开玩笑、玩在一起会觉得别扭，那你何必勉强自己呢？"

"体验一下你的生活形态啊。"

"体验一下我的生活形态？"

哇，原来"二代人"想改变的原因是这个啊？

这算哪门子体验？

就算"二代人"能够和同学打成一片，那也是他自己的生活，不是我的。他永远没办法体验我的生活，难道他不明白吗？

我是女生，是个长得正但不秀气的女生，是和男女同学都能和平共处的女生，但他不是。

"二代人"这想法太天真了。

"我的生活你怎么体验？这个说法太诡异了吧，而且我们各有不同的生活环境，你的爸爸妈妈和我的爸爸妈妈想法、做法绝对不同，对我们的教育方式也不同。再说你是独子，我家有姐姐，这也会影响一个人的个性，当然也会影响他的生活观、交友观。到了学校，我在文科，你在理科，不同类组上不同的课程，那又是不一样的学习状态，而且你的要好同学是男生，我的要好同学是小香……这么多不可能改变的事，你怎么体验？"

"就是因为我和你有很多不同的地方，所以才想体验你的部分，这样我可以更清楚知道你的想法。"

"二代人"显然没听懂我的意思，他仍然执着于他"想要"的部分。

而他的重点是，更清楚知道我的想法。

我突然打了个寒战，"二代人"这想法有点可怕呢。更清楚知道我的想法干吗？比较好掌控吗？

哦，不，我不希望是这样的情况。

人和人相处之所以有趣，就是有交集的部分，但又拥有个人的空间。

这不是很好吗？尊重别人和自己是不同的个体，有不一样的差异性，接受并包容，这才是该学习的；而不是委屈自己去迎合对方，也不是刻意模仿对方，好确知对方的一举一动啊。

这些话很早之前爸爸妈妈就说过，我也牢记在心里。

莫非，"二代人"的爸妈没这么教他吗？

那天走回彼此的教室前，我这么告诉"二代人"："做你自己就好，那才是最可爱的。"

"真的吗？""二代人"笑得很灿烂，像刚刚放晴的天空。

魔咒终灵验

10

chapter

最近我比较少上 MSN，因为我想让自己暂时从那种密集式的文字互动中抽离出来。

我一直在想，是不是因为寒假在 MSN 上的快速无声交流，而催化了"二代人"和我的交往？以致我们都没有足够的时间，冷静思索彼此的适合度。

但没上 MSN 有时也是一种不方便。

周日下午我睡得正甜的时候，小香 call 我手机，我还是直到她打了第二次，才听见铃声呢。

"喂……"被迫醒来，口齿铁定不清晰。

"欸，小颖，你睡死了哦？还要 call 你两次才接。"小香嘴巴也很冷。

"什么事？睡得正甜，吵死了。"

"昨天晚上和今天早上你怎么都不上 MSN？"

"干吗？我不是跟你说了，最近不想用 MSN，因为上了就会遇到'二代人'啊。"

"哦，对哦，我忘记了。可是我想和你聊的时候，就得打电话，浪费钱呢。"

"那你就不要废话一堆，讲重点啊。"

后来小香告诉我，原来阿美精神状况不佳（其实阿美一直都是这样），阿美妈妈只好带她去看医生，医生说阿美患了忧郁症，建议暂时休学静养。但阿美妈妈并没有想找出阿美患病的真正原因，还在家里叨念阿美人在福中不知福，她做牛做马辛苦养阿美，阿美还有什么不满意的，给她跟流行搞了个忧郁症。

小香说她去看阿美，阿美就是哭，也不说话，她看了真不忍心，也陪着阿美哭。听到这句，我忍不住骂起小香。

"你神经啊，你是去探视忧郁症病人，不是去跟着忧郁的呢，小姐。"

"可是……阿美真的很可怜啊。"

我也知道阿美很可怜，但不知道我们可以怎么做，只好和小香分别在手机两头沉默了。

小香说她除了尽量在假日去看阿美，陪陪她，其他也不知该怎么帮阿美了。阿美朋友少，而每天除了读书，还是读书，既不能出去，又不能看电视、看闲书，什么都不能。

由于阿美妈妈给阿美的空间实在太少，压力过大的阿美因而被挤压得几乎喘不过气来，转而和一个可以让她舒缓情绪的男生交往。偏偏又因为阿美太过依赖，那个男生受不了而要分手，糟糕的是对方一提分手，阿美就整个崩溃了。

小香说，这还是阿美妈妈去买菜的时候，阿美断断续续说出，她再将经过拼凑起来，然后才恍然大悟的。

原来压死阿美的最后一根稻草，是那个男生，不，是分手。

这是牵一发动全身吗？

始作俑者是谁？

我实在很同情阿美，但是又能怎样呢？

阿美的事让我在星期日晚上想了整晚，星期一要小考的历史连翻都没翻，看来就等着成绩已经不好的历史更烂了。

但是我不后悔，因为活生生的人的事件，远比那些距离我们很遥远的人事有意义多了。

阿美的遭遇实在只能用"可怜"两个字来形容。

我真不明白，阿美妈妈看得那么紧，结果呢，阿美为了让自己紧绷的情绪有个出口，她以交男朋友来获取来自亲密关系的温暖。但是高中生交往的男朋友毕竟不是家人，不是妈妈，他可能永远守候在身边吗？阿美竟然没想到这一点，不过，我想事实上是阿美根本想不到这一点。

她只是需要一个可以大口呼吸的空间而已。

我是个未满十七岁的孩子，而且和阿美没有任何关系，但连我都懂阿美的需要了，为什么阿美的妈妈，和她有血缘亲密关系的妈妈，却感觉不到阿美喘不过气的痛苦？

大人啊，你们在想什么？你们到底想要什么？

比起阿美，我快乐多了。

光是爸妈让我顺着本性发展，就已经是件让人愉快的事。即使我就是这么一个不甚淑女的女生，他们也没刻意想把我雕塑成他们想要的那种乖乖型。

能够做我自己，真是件快乐无比的事，只是很可惜，不是每个和我一样年纪的孩子，都能遇上开明的爸爸妈妈。

妈妈过度严格的管束，已经够让阿美受不了了，偏偏她的恋爱也没能有好的发展，甚至男生还主动开口提分手，这样的双重压力，教人怎么受得了呢？

唉，阿美，父母是无法选择的，你真的很可怜，我同情你。

不过，男朋友以后还可以再交嘛。

我在心里频频向不认识的阿美隔空喊话。我不是在耍神通，而是真的希望跟我同年龄的女生都像我一样快乐。

就算男朋友要和我们分手，也不是世界末日啊，不必把它想成无路可走了嘛。

或许是我的家庭比较特别，爸妈都比较人性一点，所以我才能这么看得开？这样一想，是不是应该为很多爸爸妈妈开些课，教他们怎么做爸爸妈妈，不对，是教他们怎么做孩子的朋友啊！

我从阿美联想到了"二代人"，其实他的个性也有点压抑，所以才比较木讷，也才会羡慕我和同学的和乐相处，连想体验一下我的生活形态这样的话都说出来了。

"二代人"那种闷闷的性格，应该也是在长期高压下形成的。如果真是这样，就算他为我而做了改变，也只是表面上暂时的改变，只要他的生活环境如故，他就不可能走出自己的新风格。

想到这儿，我也有点同情"二代人"了。

魔咒终灵验

10

拥有绿卡，看似风光的"二代人"，藏在那张俊美脸庞下的，是什么？

这一晚因为阿美的事情，我想得超多的，同时也把我和"二代人"这一个多月的交往状况细细回想一遍，这才发现，我和"二代人"真的蛮不对盘的呢。

我也突然想起，情人节那天，"二代人"和我在50岚买饮料时，他没跟店员说谢谢。

哼，真是无礼的家伙，怎么可以这样？

人家为我们提供服务，我们应该要感谢对方的服务啊。

那时"二代人"对于我的疑问所做的回答，现在仿佛还萦绕在耳。

"我们有付钱啊，我们是花钱买服务，所以她为我们服务是理所当然，干吗要跟她说谢谢？"

"话是这么说没错啦，我们是花钱买东西，但是她也可以用很恶劣的态度把东西推过来，犯不着那么客气多礼吧。所以我们向他们说谢谢，是感谢他们为我们提供这么好的服务。"

"看不出来你这么有礼貌呢。"

什么话吗？虽然平常我和同学常疯疯癫癫的，但规矩还是没忘啊。

我妈常说："不能错把方便当随便。"我都有记得牢牢的。

"二代人"除了这个态度与我迥异之外，那天他买的焦糖奶茶，还没完全喝完他就丢了，为此我还念了他一句："暴殄天物。"

他居然"嘿嘿"地跟我装傻。

奇怪，为何那时我轻易就放下厌恶的感觉，反倒是现在想起来，一点都无法忍受？

而我最不能忍受的是，"二代人"吃饭不会把饭粒吃干净，我的妈哦。

从小妈妈就教姐姐和我要惜福，我们所吃、所用、所穿的东西，都是经过很多人辛勤的劳力付出才有的，如果不珍惜就对不起这么多人了。所以从小，只要是我用过的饭碗，里面绝对不会有剩下的饭粒，直到现在仍然如此。

我和"二代人"去华纳威秀看电影的那天，后来我们到新掘江吃饭，"二代人"没把饭菜吃干净，看来真让人不舒服。现在想起来，我其实还是很介意的。

什么都没做的这个晚上，我只用脑袋瓜想着十七岁的少女，究竟要怎么做才让自己过得自在快乐。

而就在这个晚上，我终于明确知道，我和"二代人"不适合交往。

现在，我该怎么委婉地让"二代人"知道，差异极大的他和我是没有未来的，我们应该早一点分开，分别去追寻各自的天空？

也许对"二代人"这个牡羊座的男生来说，让女生先提出分手，一定觉得很没面子吧，尤其"二代人"又

魔咒终灵验

10

chapter

喜欢凡事由他掌控，我如果这么做，是不是犯了大忌？

可是如果想等"二代人"主动提分手，可能我等到高三毕业也还没办法等到，耗在那，也不是理想的方式。

爸爸妈妈曾说过的话，这时全回到我的脑海，特别是那句"不要委屈自己，不要让事情不了了之"。

于是我决定，明天一早去学校时，就传个短信告诉"二代人"我的看法。

星期一是4月11日，距离2月14日我和"二代人"正式交往，已经将近两个月了。我按照前一晚自己的决定，传了短信给"二代人"。

"我想我们是两个个性完全不同的人，很多想法都不一样，我们还是像好同学那样就好了吧。"

我没有直接敲出"我们分手吧"，是担心内敛的"二代人"万一受不了，也像阿美那样搞忧郁，那就是我的罪过了。

妈妈说，"朋友交往要注意保护自己，但是也不能让对方受伤，不管是身体的还是心理的。"这句话我也始终放在心上。

我想我的说法应该比较没有攻击性，也很委婉合情，而且是延伸"二代人"4月8日说的话："我们是两个个性完全不同的人。"他应该可以接受吧？

老实说，传出这则短信后，我的心情是忐忑不安的。

早自习时我传纸条给小香。

"我在专车上传了分手短信给'二代人'，不知道他

会怎么样？"

"什么？你先提出啊？"

小香把纸团丢过来后，还以讶异的眼神看着我。我点了点头。

"干吗不等阿顺提出？"小香又丢来一张。

"他如果都不提分手呢？不是等于继续，可是我不想要了啊。"

我和小香的纸团交谈还没尽兴，班长就宣布："现在要发历史小考考卷，把课本跟参考书都收起来吧。"

妈呀，昨晚费神想了整晚的阿美、"二代人"、我的分手宣言，完全都和历史无关，这下我要写些什么？

只能就上课记忆发挥，考多少是多少了，唉。

其实这只是一次平时考，影响是不大，和"二代人"分手能否顺利才是影响重大的事。

第一节过了，我没收到"二代人"任何讯息。

第二节上完，仍然是这样悬而未决的状况。

第三节结束后，我被忐忑不安的情绪加倍折磨着。

再过一节，现在都准备吃午餐了，但"二代人"既没出现在我们班的教室走廊上，我的手机也没任何动静。

到底怎么了？

"小香，你说'二代人'怎么了？"我自己知道我是紧张的。

"哪有怎么啊？学校也没传说有人从哪栋楼跳楼……"

小香还想继续说笑，我拍了她的手一下，她手上的汤匙"匡啷"一声的，掉进她的餐盒里。

"哼，还好不是掉到地上，不然我得学印度人抓饭吃了。"小香还是嬉皮笑脸，我明白她是想减轻我的压力。

可是，我真的没办法解除等待"二代人"回音的紧张。

"人家都已经不知道该怎么办了，你还故意搞怪。"我埋怨小香。

"小颖，你一向很潇洒的啊，干吗？不过是谈分手而已，你就当成世界末日来临般的烦躁，何必呢？"

这些话，小香还知道得靠近我小声地说，否则被一双骨碌碌贼眼直盯我们的阿俊听到个一两字，他铁定会四处散播八卦。

"可是'二代人'都没响应呢。"我也小声说。

"分手是何等重大的事，你总得让阿顺仔有时间仔细想啊。"

小香真善变，刚刚明明不是这样说的嘛。

"喂，你刚才说不过是谈分手而已，现在怎么变成分手是何等重大的事？是怎样？"

"拜托，你和阿顺仔是不一样的立场，主被动不一样，当然感受也不一样啊。"

哦？原来小香是如此贴心设想的啊。

"喂，你们两个连体婴，这样讲话不累啊？讲什么秘密？怕人听到啊？"阿俊真的是不甘寂寞的人。

"要你管，累不累是我和小颖的事。"小香这么回

魔咒终灵验

应,我则是说:"就是讲秘密,就是怕你听到啊。怎么样?"

阿俊被我和小香一凶,再也不敢吭声地低下头去吃他的饭。

看到阿俊惊吓慌张的样子,我突然觉得自己过分了点,于是跟阿俊说:"阿俊,吓到你了啊,对不起。"

没想到阿俊脸色更惊惶地说:"小颖正妹,你这样会更吓到我呀。"

我和小香忍不住笑了起来。

憋了半天的紧张,现在终于稍微舒缓些了。

我想也许我的分手短信,也因为来得突然而让"二代人"尚未适应吧。

"二代人"直到 4 月 13 日,才对我提出的分手表示看法。

两天的闷不吭声害我死了很多细胞,我本来在星期一下午就快沉不住气,想去找"二代人"当面问明白,后来还是小香劝我:"你也得让阿顺仔想想怎么回应,急什么?"

"你又不是不知道,我喜欢有话当面讲清楚、说明白,彼此心里不要有嫌隙,以后见面才不会尴尬啊。"

"话是没错啦,但你好歹也顾虑阿顺仔是男生嘛,面子,面子。"

面子?值多少?

好吧,也只能这样了,再难熬,我也得忍。

星期一过完,星期二上午,"二代人"大概是面子的问题还没处理好，仍然没有给我任何响应。我开始觉得"二代人"是只不敢面对事实的鸵鸟，他始终不肯面对，怎么可能让事情有完美的结局？

星期二下午第二节，我们班和"二代人"他们班同样上体育课，不过我没看到"二代人"。小香去打探回来的消息是，"二代人"因为不舒服，所以请假在教室休息。

我的直觉告诉我，"二代人"是在逃避。但他这样的做法只会让我觉得他不够 man，我真不喜欢这种打烂仗的结束法。

可是这样下去不是办法，现在才学期前三分之一，难不成"二代人"从此都不上星期二的体育课了？如果以后不小心在校园里遇见，他是不是也要马上挖个洞躲起来？

不行，我不要变成"二代人"躲着的人，他没做错事，我也没有。

于是我大方地请他们班长转告"二代人"："我有事找张安顺，请你告诉他，放学来我们班。"

"哦……二班正妹有重要的事啦。"

"要你管？"我顺便白了白痴班长一眼。

那天放学时我故意放慢收拾的动作，其实另一方面也是因为肚子有一股气，所以不太使得上力，但"二代人"始终没出现。

直到 13 日星期三，"二代人"在午餐后才出现在我

魔咒终灵验

10

们教室走廊，他一来，引起的躁动减轻了我的紧张感。

我和"二代人"走在校园里，他和我都很清楚这将是我们最后一次一起走着。经过一段很长时间的沉默后，"二代人"开口了。

"李之颖，你说得对，我们是两个个性完全不同的人，想法也不太一样，所以我们分手吧。"

哈哈，"二代人"对我的称呼又回到李之颖三个字，连语调也是他惯有的酷酷模样。他终于想通了，也理出来了。

虽然"我们就分手吧"这句话最后还是由"二代人"说出的，但那又怎样？我和"二代人"以后会过得快乐才是最重要的。

哦哦，我又想起了那首歌：

分手快乐　请你快乐　挥别错的才能和对的相逢
离开旧爱　像坐慢车　看透彻了心就会是晴朗的
没人能把谁的幸福没收　你发誓你会活得有笑容……

"拜拜，'二代人'，做你自己，让自己快乐哦。"

要回教室时，我回头对"二代人"说了这句。他脸上那灿烂的笑容，就像头顶上那片没有任何瑕疵的晴朗天空。